大唐狄公探案全译

高罗佩绣像本

大唐狄公探案全译·高罗佩绣像本

黄禄善 / 主编

黄金谜案

THE CHINESE GOLD MURDERS

〔荷兰〕

高罗佩 / 著
By Robert Van Gulik

陈海东 / 译

山西出版传媒集团　北岳文艺出版社
BEIYUE LITERATURE & ART PUBLISHING HOUSE

- 太原 -

图书在版编目（CIP）数据

黄金谜案／（荷）高罗佩著；陈海东译 . — 太原：
北岳文艺出版社，2018.1(2018.9 重印)

（大唐狄公探案全译：高罗佩绣像本 ／ 黄禄善主编）

ISBN 978-7-5378-5469-6

Ⅰ.①黄… Ⅱ.①高… ②陈… Ⅲ.①侦探小说—荷
兰—现代 Ⅳ.① I563.45

中国版本图书馆 CIP 数据核字 (2017) 第 299824 号

书名：黄金谜案　　　　　策　　划：续小强　　　责任编辑：谢放
著者：〔荷〕高罗佩　　　项目统筹：贾晋仁　　　书籍设计：张永文
译者：陈海东　　　　　　　　　　　庞咏平　　　印装监制：巩璠

出版发行：山西出版传媒集团·北岳文艺出版社

地址：山西省太原市并州南路 57 号　邮编：030012

电话：0351-5628696（发行部）0351-5628688（总编室）　传真：0351-5628680

网址：http://www.bywy.com　　E-mail：bywycbs@163.com

经销商：新华书店　　承印者：山西人民印刷有限责任公司

开本：890mm×1240mm　1/32　　字数：172 千字

印张：8.125　版次：2018 年 1 月第 1 版　印次：2018 年 9 月山西第 2 次印刷

书号：ISBN 978-7-5378-5469-6

定价：33.80 元

　　《狄公案》是中国众多公案小说之一种，但是，随着高罗佩20世纪40年代对《武则天四大奇案》的译介以及之后"狄公探案小说系列"的成功出版，"狄公"这一形象不仅风靡西方世界，也使中国读者看到"中国古代犯罪小说中蕴含着大量可供发展为侦探小说和神秘故事的原始素材"，认识到"神探狄仁杰"，"虽未有指纹摄影以及其他新学之技，其访案之细、破案之神，却不亚于福尔摩斯也"。在西方对中国总体评价趋于负面的20世纪50年代，"狄公探案小说"不仅满足了普通西方读者了解古代中国社会生活的愿望，也在一定程度上让西方世界重新认识了传统中国，扭转了西方人眼中古代中国"落后""野蛮"的印象。从这个意义上来看，高罗佩对传播中国文化着实做出了很大的贡献，因此学界给予他很高的评价，将其与理雅各、伯希和、高本汉、李约瑟等知名学者并列为"华风西渐"的代表人士。

　　高罗佩是20世纪最为著名的汉学家之一，其语言天赋惊人，汉学造诣"在现代中国人之中亦属罕有"。高罗佩"狄公探案小说"的背景是久远的初唐社会，但讲述方式却是现代的，中国传统文化被润化在小说的情境中，服饰、器物、绘画、雕塑、建筑等中国元素以及其中所蕴含的中国文化，在不经意间缓缓流动着，构成一幅丰富多彩的中国图画，没有丝毫的隔膜感。小说创作的灵感来源于公案小说，但叙事却完全是西方推理小说的叙事。在整个案件的推演、勘察过程中，读者一直是不自觉地被带入情境中，抽丝剥茧，直到最终找出答案。这种互动式、体验式的交流方式，是高罗佩探案小说的成功之处，也是至今仍为广大读者喜爱的原因之一。

为了让读者能原汁原味地读到高罗佩"狄公探案小说"，体味到高罗佩笔下的中国文化和社会，我社邀请著名西方通俗文学研究大家黄禄善教授组织翻译了这套"大唐狄公探案全译·高罗佩绣像本"，以飨读者。

我社推出的"大唐狄公探案全译·高罗佩绣像本"以忠实原著为原则，译文更贴近于读者的阅读习惯，且完整保留了高罗佩探案小说创作的脉络，力图打造一套完整的"高罗佩探案小说"全译本。

"大唐狄公探案全译·高罗佩绣像本"共计十六册（包括十四部长篇，两部中篇，八部短篇），其中收入了高罗佩手绘的地图及小说插图一百八十余幅。书中的插图仿照的是16世纪版画的风格特点，特别是明代《列女传》中的形象。因此，插图中人物的服饰以及风俗习惯均反映的是明代特征，而非唐代。此外，小说中涉及大量唐代官职、古代地名等信息，虽经译者考证并谨慎给出译名，但仍有存疑之处，敬请方家指正。

愿我们的这些努力，能使这套"大唐狄公探案全译·高罗佩绣像本"成为喜爱高罗佩的读者们所追寻的珍藏版本。

北岳文艺出版社

2018年1月

一

20世纪与21世纪之交，西方通俗文学界一个令人瞩目的现象是历史侦探小说（historical detective fiction）的崛起。当时西方的许多主流媒体，如《纽约时报》《华尔街日报》《泰晤士报》《卫报》等等，连篇累牍地报道这类小说获奖的信息，有关小说的介绍、评论汗牛充栋。这些获奖作品的背景多半设置在一个历史久远的年代，中心情节是破解一个与谋杀有关的谜案，作者大都为历史学、考古学的专业人士，爱好文学创作。譬如保罗·多尔蒂（Paul Doherty, 1946—），当代英国著名历史学家，20世纪80年代末开始历史侦探小说创作，迄今已出版了八十多部以古希腊、古罗马、古埃及和中世纪英格兰为背景的侦探小说，其中《叛逆的幽灵》（*The Treason of the Ghosts*）被《泰晤士报》列为2000年最佳犯罪小说。又如琳达·罗宾逊（Lynda Robinson, 1951—），毕业于得克萨斯大学考古专业，擅长中东史和美国史研究，后在丈夫的鼓励下进行历史侦探小说创作，处女作《死神谋杀案》（*Murder in the Place of Anubis*, 1994）一问世即荣登"纽约时报畅销书排行榜"，接下来的十多本小说也一版再版，畅销不衰。再如加里·科比（Gary Corby, 1963—），澳大利亚历史侦探小说创作新秀，尽管作品数量不算太多，但已是2008年"柯南·道尔奖"得主，2010年问世的《伯里克利政体》（*The Pericles Commission*）又获"内德·凯利奖"（Ned Kelly Award）。凡此种种，正如《出版人周刊》2010年一篇评论所指出的："过去的十年目睹了历史侦探小说的数量和质量的爆炸。以前从未有过如此多的天才作家出版如此多的历史侦探小说，作品涵盖的历史年代和案发地点也从未如此宽泛。"[1]

不过，西方历史侦探小说的诞生并非从这个世纪之交开始。早在1911年，在美国作家梅尔维尔·波斯特（Melville Post, 1869—1930）的短篇小说《上帝的天使》（*The Angel of the Lord*），就出现过一个历史年代的业余侦探"阿布勒大叔"（Uncle Abner）；他生活在古老的弗吉尼亚边疆，是个牧场工人，和蔼、睿智的中年人，依靠圣经的道德标准和美国的法律精神破案。《上帝的天使》很快被扩充为拥有二十六个故事的侦探小说集《阿布勒大叔：破案高手》（*Uncle Abner, Master Mysteries*, 1918）。到了1943年，美国作家利莲·托雷（Lillian de la Torre, 1902—1993）又发表了以历史人物塞缪尔·约翰逊（Samuel Johnson）为侦探主角的短篇小说《英格兰国玺》（*The Great Seal of England*），她同样将该短篇小说扩充为有多个故事的侦探小说集《萨姆博士：约翰逊侦探》（*Dr. Sam: Johnson, Detector*, 1948）。在这之后，西方目睹了历史侦探小说的高速发展。一方面，英国作家阿加莎·克里斯蒂（Agatha Christie, 1890—1976）出版了古埃及背景的长

1　Lenny Picker. *Mysteries of History*, Publishers Weekly, March 3, 2010.

篇历史侦探小说《死亡终局》（*Death Comes as the End*, 1944）；另一方面，美国作家约翰·卡尔（John Carr, 1906—1977）又出版了拿破仑战争题材的长篇历史侦探小说《狱中新娘》（*The Bride of Newgate*, 1950）；与此同时，荷兰外交家、汉学家、收藏家、作家高罗佩（Robert van Gulik, 1910—1967）还推出了基于中国公案小说传统的系列历史侦探小说"狄公探案"（*Judge Dee series*）。这些单本的、系列的历史侦探小说的问世，为当代西方历史侦探小说的全面崛起做了有益的铺垫，尤其是"狄公探案"，采用长、中、短三种小说形式，数量多达十六卷，在东、西方均产生了持久的轰动效应，被认为是早期西方历史侦探小说的成功"范例"。[1]

"狄公探案"系列历史侦探小说始于1949年高罗佩的一本中国公案小说译作《狄公断案精粹》（*Celebrated Cases of Judge Dee*）。故事的侦探主角狄公（Judge Dee）在中国历史上实有其人。他名叫狄仁杰，生活在唐朝（618—907），一生为官，两次出任宰相，是所谓的青天大老爷。有关他廉洁自律、为民请命、秉公办案的故事很早就在民间流传。到了清朝末年，一位无名氏将这些民间故事整理成长篇公案小说《武则天四大奇案》（亦名《狄公案》或《狄梁公四大奇案》）。高罗佩在中国任外交官期间，对该书产生了浓厚的兴趣。他在进行了详细考据之后，将其中基本符合西方侦探小说传统的前三十回翻译成英文出版。之后，又亲自出马，尝试创作了以狄公为侦探主角的历史侦探小说《迷宫奇案》（*The Chinese Maze Murders*, 1952）。该历史侦探小说出版后，居然是本畅销书。从此，高罗佩一发不可收拾，先后接受芝加哥

1　Carl Rollyson. *Critical Survey of Mystery and Detective Fiction*, Revised Edition. Salem Press, INC, printed in USA, 2008, p.1783.

大学出版社及其他图书出版公司的稿约，继续创作了十五卷狄公案历史侦探小说。它们是：《铜钟谜案》（The Chinese Bell Murders, 1958）、《黄金谜案》（The Chinese Gold Murder, 1959）、《湖滨谜案》（The Chinese Lake Murders, 1960）、《铁针谜案》（The Chinese Nail Murders, 1961）、《红阁子奇案》（The Red Pavilion, 1964）、《朝云观奇案》（The Haunted Monastery, 1961）、《御珠奇案》（The Emperor's Pearl, 1963）、《漆画屏风奇案》（The Lacquer Screen, 1962）、《晨猴·暮虎》（The Monkey and the Tiger, 1965）、《柳园图奇案》（The Willow Pattern, 1965）、《广州谜案》（Murder in Canton, 1966）、《紫云寺奇案》（The Phantom of the Temple, 1966）、《太子棺奇案》（Judge Dee at Work, 1967）、《项链·葫芦》（Necklace and Calabash, 1967）、《黑狐奇案》（Poets and Murder, 1968）。这些"奇案""谜案"也全是畅销书，不断再版、重印，直至2014年，还有麦克法兰图书出版公司（McFarland）的新版本出现。

与此同时，"狄公探案"系列小说的影响又渐渐从美国、英国、加拿大、澳大利亚、新西兰延伸到法国、德国、西班牙、荷兰、瑞典、芬兰、日本和中国。1982年，甘肃人民出版社率先在中国推出了陈来元、胡明翻译的《四漆屏》（The Lacquer Screen）。紧接着，中原农民出版社、北方妇女儿童出版社、北岳文艺出版社、中国电影出版社、海南出版社、贵州大学出版社也各自推出了这样那样的狄公案全译本和节译本。各种各样的续集、改写本也不断涌现。"狄公探案"被多次搬上银幕，仅在中国大陆，就有电影《血溅画屏》（1986）、《恐怖夜》（1988）、《奇屏谜案》（2009），电视连续剧《狄仁杰断案传奇》（64集，1986）、《神探狄仁杰Ⅰ》（30集，2004）、《神探狄仁杰

Ⅱ》（40集，2006）、《神探狄仁杰Ⅲ》（48集，2008）、《神探狄仁杰Ⅳ》（50集，2013）。

二

　　作为早期西方历史侦探小说创作的一个成功范例，"狄公探案"小说系列展示了这一小说类型的诸多特征。首先，它是侦探小说，遵循侦探小说之父爱伦·坡（Allan Poe, 1809—1849）的"破案解谜六步曲"，亦即介绍侦探、展示犯罪线索、调查案情、公布调查结果、解释案情发生的原因和经过、罪犯的服输和认罪。其次，它又是历史小说，涵盖了历史小说之父沃尔特·司各特（Walter Scott, 1771—1832）所创立的大部分市场要素，如异国情调、哥特式气氛、英雄主义、骑士精神等等。而且，其作者本人，也像上面提到的许多当代历史侦探小说的作者一样，是个精通历史学、考古学的专业人士，只不过专业研究的对象，并非众人趋之若鹜的古希腊、古罗马或中世纪欧洲文明，而是当时并不被看好且有点冷僻的东方语言文化。

　　高罗佩，原名罗伯特·范·古利克，1910年8月9日生于荷兰聚特芬（Zutphen）。父亲是个医生，曾先后两次在荷属东印度（Netherland East Indies, 今印度尼西亚）服役。自小，高罗佩随父母侨居在殖民地，在当地学习汉语、爪哇语和马来语，由此对亚洲文化，尤其是中国文化产生了浓厚的兴趣。1923年，父亲退役后，高罗佩随全家回到荷兰，定居在奈梅亨（Nijmegen）。1929年，高罗佩从奈梅亨市立中学毕业，入读莱顿大学，主修东方殖民法律和（荷属东）印度学，以及中日语言文学，后又到乌特勒支大学深造，学习现当代中国史以及藏文和梵文，并以论文《马头明王诸说源流考》（*Hayagriva, the Mantrayanic Aspect of Horse-cult in China and Japan*）获得东方语言学博士学位。高罗佩的语言才能和专业知识很快得到回报。1935年，他被荷兰外交部录用为助理翻译，并被派驻东京，任荷兰驻日公使馆二等秘书。1941年，太平洋战争爆发，荷兰成为日本的对立面，高罗佩与其他同盟国的外交人员一道被遣离日本。1943年3月，他从印度加尔各答来到中国重庆，与那里的荷兰使馆人员会合，出任荷兰政府驻重庆大使馆一等秘书。其间，他结识了同在大使馆秘书处工作的中国名媛水世芳，两人结为伉俪，先后育有三子一女。战争结束后，高罗佩离开中国回到海牙，出任荷兰外交部政务司远东处处长，一年后又去了美国，任荷兰驻美使馆顾问。1948年，他被任命为荷兰驻日本东京军事代表处顾问，1951年又离开东京前往新德里，任荷兰驻印度大使馆文化参赞。1953年，他再次被召回，任外交部中东暨非洲事务司司长。1956年至1959年，高罗佩担任荷兰驻黎巴嫩全权代表，1959年至1962年又担任荷兰驻马来西亚大使。1965年，他作为驻日大使第三次被派驻东京。任上，他被诊断出患了肺癌，不得不返国治病。1967年9月24日，他在海牙辞世，享年五十七岁。

高罗佩一生以外交官为职业，辗转海牙、东京、重庆、南京、华盛顿、新德里、贝鲁特、吉隆坡等地，工作异常繁忙。尽管如此，他还是不忘初衷，挤出时间从事自己所喜爱的东方语言文化研究。他的研究兴趣很广，琴棋书画、小说戏曲无所不包，而且成果颇丰，几乎每隔一至两年就出版一本书。1941年由日本上智大学出版的《琴道》（*The Lore of the Chinese Lute*）是西方第一本系统介绍中国古琴的专著。在书中，高罗佩基于大量中国古代文献，对中国古琴的起源和特征、琴人的心境和原则、琴曲的意义和内涵、演奏的象征和意象，做了详尽的论述。而1944年在重庆出版的《明末义僧东皋禅师集刊》（*Collected Writings of the Ch'an Master Tung-kao, a Loyal Monk of the End of the Ming Period*），则是一部填补中国佛学史空白的开山之作。该书成书时间长达七年，期间高罗佩遍访中日名刹古寺、博物馆院，共觅得东皋禅师遗著和遗物三百余件。1958年，他耗时十余年完成的《书画鉴赏汇编》（*Chinese Pictorial Art as Viewed by the Connoisseur*）又在罗马远东研究社出版。全书内容分两部分，前一部分泛论中日屋宇的式样、书画的悬挂方法以及装裱技术的衍变，后一部分讲述毛笔的构造、墨的制作、纸绢的特质、书画真赝的鉴别，堪称一部东方艺术鉴赏大全。

不过，高罗佩的最大学术成就当属中国古代性文化研究。1949年，因日文版《迷宫奇案》的一幅封面裸体插图，高罗佩开始对中国古代性文化产生兴趣。他广集史料，探幽索隐，费尽周折收集历朝历代春宫画册，又参阅了一系列的明末情色禁书，终于辑成了中国古代性文化的拓荒之作《秘戏图考》（*Erotic Colour Prints of the Ming Period*, 1951）。该书共分三卷。卷一《秘戏图考》是正文，用英语写成，分"上""中""下"三篇，讨论了自公元前226年至公元1664年中国历代王朝与性有关的历史文献、春宫画简史以及他所收藏的《花营锦阵》对题跋文字的注释和翻译，并附有"中国性术语"和"索引"。卷二《秘书十种》系中文卷，收录了卷一所引用的重要中文参考文献，包括《洞玄子》《房内记》《房中补益》《天地阴阳交欢大乐赋》《某氏家训》《纯阳演正孚佑帝君既济真经》《紫金光耀大仙修真演义》《素女妙论》以及《风流绝畅图》题词和《花营锦阵》题词。卷后有附录，分乾（旧籍选录）和坤（说部撮抄）两部分，所录各项均为极其珍贵的中国古代性文化研究资料。卷三《花营锦阵》影印了他所收藏的《花营锦阵》的所有春宫画，外加所题艳词。在这之后，高罗佩继续中国古代性文化研究，且时有新的发现，适逢荷兰图书出版商建议他撰写一部面向更多西方读者的中国古代性文化著作，于是便有了洋洋数十万言的《中国古代房内考》（*Sexual Life in Ancient China*, 1961）的问世。相比《秘戏图考》，该书的社会文化史研究气息更浓，且内容上有增补，还更新了许多旧的译文，添加了许多新的引文；观点上有修正，尤其是强调爱情的高尚意义，反对过分突出纯肉欲之爱。直至今日，该书仍是东西方性学家了解中国古代性文化的重要参考文献。

三

正是以上历史学、考古学方面的惊人成就，让高罗佩发现了《武则天四大奇案》等中国公案小说的价值，并选择性地翻译、出版了《狄公断案精粹》。在该书的"译者前言"，高罗佩指出，多年来西方读者所理解的中国侦探小说，无论是厄尔·比格斯（Earl Biggers, 1884—1933）的"查理·张"系列小说（*Charlie Chang series*），还是萨克斯·罗默（Sax Rohmer, 1883—1959）的"傅满洲系列小说"（*Fu Manchu series*），其实都是"误判"。真正的中国侦探小说是《武则天四大奇案》之类的中国公案小说。这类小说早在1600年就已经存在，时间要比爱伦·坡"发明"侦探小说的年代，或者柯南·道尔（Conan Doyle, 1859—1930）"打造"福尔摩斯的年代，早出几个世纪。而且这类小说多有特色，主题之丰富，情节之复杂，结构之缜密，即便是按照西方的标准，也毫不逊色。然而，由于一些文化传统的原因，迄今这类小说不为广大西方读者所知。他呼吁西方侦探小说作家应该关注这一被遗忘的角落，积极改写或创作以中国古代清官断案为主要内容的侦探小说。[1]鉴于和者甚寡，1950年，他亲自操刀，尝试创作了以狄公为侦探主角的《迷宫奇案》，以后又费时十七年，将其扩展为一个有着十六卷之多的狄公探案系列。

而且，也正是以上历史学、考古学的惊人成就，让高罗佩在创作这十六卷狄公案时有意无意地融入了较多的中国古代文化元素。"漆画屏风""柳园图""朝云观""紫云寺""红阁子"，这些书名关键词本身就是一幅幅色彩斑斓的风俗画，给西方读者以丰富的中国古代文明想象；而小说中的许多故事场景，如"迷宫""花亭""半月街""桂园""乐苑""黑狐祠""白娘娘庙""罗县令府邸"，也无疑是一道道风味独特的精神大餐，令西方读者一窥东方建筑。此外，还有许多与案情有关的主题物件，如竖琴、棋谱、毛笔、画轴、香炉、算盘、绢帕，也不啻一件件极其珍稀的古文物展示，勾起了西方读者对中国传统文化的无限向往。

当然最值得一提的是，"狄公探案"蕴含的道家思想和诗化手段。在《迷宫奇案》，故事刚一开始，高罗佩就描绘了一个仙风道骨的太原府狄公后裔。他头戴黑纱高帽，身穿宽袖长袍，胸前白髯飘拂，举止谈吐不凡。正是他，讲述了狄公当年在兰坊县任上所破解的三桩命案。之后，故事套故事，小说中又出现了一个鹤发童颜、双唇丹红、目光敏锐

1　*Celebrated Cases of Judge Dee: An Authentic Eighteenth-Century Chinese Detective Novel*, Translated and With an Introduction and with Notes by Robert van Gulik, Dover Publications, Inc, New York, 1976, pp. i-v.

的道家隐士，他于狄公断案百思不得其解之际指点迷津。由此，狄公锁定了余氏财产争夺案的真正凶犯。同样高贵、脱俗、飘逸的道家隐士还有《项链·葫芦》中的葫芦老道。同传说中的道家神仙张果老一样，他骑着一头长耳老驴，鞍座后面用红缨带拴着一个大葫芦。小说伊始，在松树林，他不期而至，给不慎迷失方向的狄公指路。接下来，还是在松树林，他协助狄公击退了凶狠歹徒的袭击，让狄公得以完成公主的重托。末了，依旧在松树林，他再遇狄公，自报真名，细述身世，并赠予其大葫芦，然后语重心长地留下嘱咐："大人，现在您最好把我忘了，免得将来还会想起我。虽说对于未知者，我只是一面铜镜，会让他们撞头；但对于知情者，我是一个过道，进出之后便了事。"[1]

显然，高罗佩在暗示读者，狄公之所以能屡破奇案，是因为有"高人"相助，而这"高人"并非别的，乃是他所信奉的"清静无为""顺应天道""逍遥齐物"的老庄哲学。事实上，现实生活中的高罗佩也是一个老庄哲学推崇者。在《琴道》的"后序"，高罗佩曾经谈到自己的抚琴体会，认为其秘诀在于遵循老子说的"去彼取此，蝉蜕尘埃之中，优游忽荒之表，亦取其适而已"[2]。接下来的正文，他进一步明确指出："我认为道家思想对琴道衍变有决定性的优势，或者说，虽然琴道的产生及基本观念源于儒家，但内涵却是典型的道家。"[3]此外，在《中国古代房内考》中高罗佩也有类似的说法："道家从自己与自然的原始力量和谐共处的信念中得出合理结论，并固定下来，称之为道。他们认为人

1　Robert van Gulik. *Necklace and calabash*. University of Chicago Press, Chicago, 1992, p. 92.

2　Robert van Gulik.*The Lore of the Chinese Lute: An Essay in the Ideology of the Ch'in*.Sophia University, Tokyo, 1941, pp. xiii.

3　Ibid, p. 49.

类的大部分活动，都是人为的，只起到疏远人和自然的作用，由此产生非自然的、人工的人类社会，以及家庭、国家、各种礼仪、专横的善恶区分。他们提倡回复到原始质朴，回复到一个长寿、幸福、没有善恶的黄金时代。"[1]

如果说，在狄公案中，道家思想是高罗佩欲以推崇的精神食粮和破案利器，那么效仿唐代传奇小说和明清章回小说，对小说故事情节做诗化处理，便是他编织案情的重要手段。这种诗化手段，在狄公案前期问世的一些卷册，如《迷宫奇案》《铜钟谜案》《黄金谜案》《湖滨谜案》，主要表现在每章有两句对仗工整的诗歌标题，以及正文起首插有几句韵味十足的题诗。前者起着点明全章主要内容的作用，而后者往往也从作者的视角，感叹世事人生、因果报应，同时赞誉清官替天行道、为民申冤，与正文叙述有着某种唱和的效应。如《黄金谜案》第三章诗歌标题"入县衙主簿慌张，闯后园狄公受惊"[2]，概括了该章主要描写狄公一行四人进了蓬莱县衙，并着手调查前任县令遇害案；而《湖滨谜案》题诗"神笔录尽人间事，万物皆有源与头；无奈凡夫灵犀欠，不谙其意枉自愁。公堂端坐父母官，生杀之权大如天；倘若心少浩然气，草菅人命臭人间"[3]，也以极其简练的语言，歌咏了天下之大，无奇不有，法网恢恢，疏而不漏，为民父母，除害雪冤，从而有效地呼应、烘托了

1　Robert van Gulik. *Sexual Life in Ancient China: A Preliminary Survey of Chinese Sex and Society from Ca. 1500 B. C. till 1644 A. D.* Leiden, E. J. Brill, 1974, pp. 42-43.

2　Robert van Gulik. *The Chinese Gold Murders: A Judge Dee Detective Story.* Perennial, An Imprint of Harper Collins Publishers, New York, 2004, p. 20.

3　Robert van Gulik. *The Chinese Maze Murders: a Chinese detective story suggested by three original ancient Chinese plots.* The University of Chicago Press, Chicago, 1997, p. 1.

小说主题。狄公案后期问世的一些卷册，如《漆画屏风奇案》《御珠奇案》《紫云寺奇案》《黑狐奇案》，尽管考虑到西方读者的持续接受程度，不再有如此诗化形式，但仍出现了相当数量的对仗工整、韵味十足的诗歌。这些诗歌多半与案情相互交织，成为案情侦破的关键。以《漆画屏风奇案》为例，在正文第十一章，狄公偕竹香去地下的妓院暗访，看见床壁上贴有一首七言绝句，并从前后两句的字迹，推测是年轻画家冷德和滕夫人银莲合写，也据此断定此前滕知县所说"生死伉俪"完全是编造的。一个由婚姻不幸导致妻子出轨、继而被杀的复杂命案终于大白于天下。

四

然而，高罗佩并非不分良莠、一味地融入中国古代文化元素。也还是在他的《狄公断案精粹》的"译者前言"，高罗佩总结了《武则天四大奇案》等中国古代公案小说的五大"弊端"。首先，小说伊始即介绍罪犯，细述犯罪的经过和动机，从而丧失了故事基本悬念。其次，崇尚神鬼等超自然力量，法官能潜入冥王地府与受害者对话，动物、炊具也能上法庭做证。再有，故事冗长，情节拖沓，动辄数十章，甚至数百章。再有，出场人物过多，难以分清主次、理清线索。最后，惩罚罪犯过分，残忍地诉诸暴力。[1]

---

1 *Celebrated Cases of Judge Dee: An Authentic Eighteenth-Century Chinese Detective Novel*, Translated and With an Introduction and with Notes by Robert van Gulik, Dover Publications, Inc, New York, 1976, pp. ii-iv.

以上"弊端"，高罗佩在创作狄公案时已经剔除。整个谋篇布局，仍沿用西方古典式侦探小说的创作模式，并突出运用了许多行之有效的创作技巧。譬如阿加莎·克里斯蒂式的"高度悬疑"，几乎每卷都有这样的设置。典型的有《紫云寺奇案》，故事一开始，读者就被置于紧张的悬疑之中而不能自拔。漆黑的寺庙外，隐约现出一块溅洒鲜血的石头；一对男女鬼鬼祟祟，借着微弱的灯笼光线朝井边拖拽尸体。他们是谁？为何要弃尸古井？被害者又是谁？但未等读者找出答案，新的悬疑接踵而至。从古董店买来贺寿的紫檀木盒，莫名其妙地留有求救纸片。一夜之间，国库五十锭金变成一堆铅条。而原本是两个无赖之间的争斗命案，凶手却要费事地剁下受害者的头颅？并且，狄公的得力助手两次险遭杀害，衙役们已是一死一重伤。直至最后，罪犯一一被擒获，狄公细述案情，所有谜团解开，读者才恍然大悟。原来百年寺庙早已成了藏污纳垢之地。而《朝云观奇案》的悬疑设置更有特色，整个故事情节集中在一个密闭时空，命案迭起，案中有案。狂风暴雨夜，狄公一行人前往百年道观借宿。倏忽间，对面塔楼现出一男与一残臂裸女相搂的身影。此前，已有三个年轻女子在那里蹊跷身亡。紧接着，戏班子又有伶人"假戏真做"，险些酿成大祸。狄公循迹调查，又遭人暗算。更不可思议的是，众目睽睽之下，前任住持玉镜讲道时突然"仙逝"。之后，现任住持真智又坠楼暴毙。种种蛛丝马迹，指向道观一个辞官修道的孙太傅。然而他为何要谋害数条人命？又能否逃脱法律制裁？如此悬疑，一直持续到小说结束。

又如柯南·道尔式的"科学探案"，这一技巧的运用集中体现在小说主要人物形象的提升和重塑。在高罗佩的笔下，狄公已经不单是那个为政清廉、刚正不阿、体恤民生，只凭聪明才智断案的青天大老爷，而是融博学、勤政、亲民于一身，依靠仔细调查和缜密推理破案的"科学"神探。他手下的几个随从，马荣、乔泰、陶干和洪亮，也一改"四肢发达、头脑简单"的性格描写窠臼，变成有血有肉、智勇兼备的破案搭档。作为一方父母官，狄公不但熟悉辖区具体政务，还擅长同各种各样的人打交道，了解他们的喜怒哀乐和实际需求。尤其是，他深谙犯罪心理学，勤于现场勘查，善于从蛛丝马迹中寻找破案线索，并层层剥茧抽丝，缜密推理。在《漆画屏风奇案》第五章，高罗佩以十分细腻的笔触，描述了狄公如何在沼泽地查看一具女尸的情景：

> 狄公重新掀开裹盖女尸的袍服。除了那袍服外，女尸一丝不挂，一把短剑从左侧乳房直插胸部，露出剑柄。剑柄周围有一摊干涸的血。他继而细看那剑柄，发现质地为白银，上面镂刻了美丽的花纹，不过年代已久，呈现出黑色。他断定，这把短剑是一件稀世古董，只因那个乞丐不识货，在盗窃耳环和手镯的时候，没有将它拔出带走。他摸了摸那只乳房，表面冷而黏湿，接着又抬起她的一只胳膊，觉得还有弹性。看来，这个女人被害的时间不过几个时辰。他想着，这安详的神态，简便的发型，裸露的胴体，赤裸的双脚，都说明她是在床上熟睡时被害的。[1]

这段描写，与柯南·道尔在《巴斯克维尔的猎犬》中描述福尔摩斯现场勘察爵士死因简直有异曲同工之妙。不过，高罗佩没有无限拔高狄公，

1　Robert van Gulik. *The Lacquer Screen: a Chinese Detective Story*. The University of Chicago Press, Chicago, 1992, p. 52.

而是描写他有时也会被假象蒙蔽而犯错，也会因怀疑自己判断有误而心虚。此外，他还有七情六欲，不但娶有三房夫人，还看见美丽、善良的女人就动心。《铁针谜案》中暗恋郭夫人便是一例。小说描写了狄公邂逅这位容貌端庄、知书达理的仵作妻子后的种种爱慕心理。当获知她同样以铁针杀害了自己无恶不作的前夫后，狄公陷入了矛盾，欲绳之以法又心中不忍。郭夫人跳崖自尽后，狄公一夜未眠，"他感到非常疲惫，想过平静的退隐生活。但随之他明白，自己不能这样做。退隐意味着不想担当任何责任，而他却有太多的责任"[1]。这也令人想起英国侦探小说大师埃·克·本特利（E. C. Bentley, 1875—1956）在《特伦特绝案》中所描写的那个"已食人间烟火"的大侦探特伦特，他在推断门德尔松夫人杀害自己丈夫之后，选择了悄悄离去，因为门德尔松敛财堕落，消除他等于消除了罪恶。

再如约翰·卡尔的"密室谋杀"。所谓密室谋杀，是指罪犯在一个完全封闭、看似无法出入的空间环境内所实施的谋杀，往往产生一种独特的惊悚、神秘的效果。高罗佩似乎谙于这一技巧，在大部分卷册都有展示。《红阁子奇案》中的举人李琏和花魁娘子秋月先后"自杀"，显然是一种密室谋杀，因为两人均死在卧室，房门紧锁；而《朝云观奇案》中的前任住持玉镜"讲道时突然仙逝"，也是与密室谋杀不无联系，因为众目睽睽之下，凶手没有任何作案机会。最令人玩味的是《迷宫奇案》中的丁将军被杀案。高罗佩先是在第八章，透过狄公的视角，描述了十分密闭的案发现场：

1 Robert van Gulik. *The Chinese Nail Murders*. The University of Chicago Press, Chicago &London, 1977, p. 200.

狄公迈步跨过书斋门槛，举目环视。书房很大，呈八边形，墙上高处有四扇小窗，窗纸莹白，阳光透过窗纸，漫入室内甚是柔和。窗户上方，有两个小孔，供通风之用，均有栅板相隔。除了窄门，书斋墙上再别无其他开启之处。

　　书斋中央正对门放着一张乌木雕花大书案，只见一人身穿墨绿锦缎便袍软软地伏于书案之上。此人头枕弯曲左臂，右手伸于书案之上，手中握有一红漆竹制狼毫，一顶黑色丝帽掉落于地，灰白长发暴露无遗。[1]

　　接着，他又借陶干和丁秀才之口，说明了凶手不可能自由进入案发现场的缘由。一是房门乃进入书斋的唯一通道，墙壁、书架上的窗户和挡有栅板的通气孔洞以及窄门，均未见暗道机关；二是丁将军先亲自开锁进入书斋，丁秀才跟着进入下跪请安，其时管家就站在丁秀才身后，直至丁秀才起身，丁将军才将房门合上，而平时书斋房门总是紧锁，唯一的钥匙也由丁将军随身携带。但就是这样一个看似无法破解的密室谋杀案，狄公通过仔细调查和严密推理得出了答案。原来杀死丁将军的是他手上执握的那管珍贵的狼毫。之前凶手将狼毫作为寿礼送给了丁将军，但狼毫内藏有浸透毒液的飞刀，上有弹簧，用松香封住。丁将军初次写字时，自然要烧掉狼毫笔端的毛刺，于是松香受热，弹簧启动，飞刀弹出结果了他的性命。

　　此外，还有盖尔·威廉（Gale Wilhelm, 1908—1991）的"女同性恋描写"，也对高罗佩的狄公案创作产生了较大的影响。尽管小说没有出

1　Robert van Gulik.*The Chinese Maze Murders: a Chinese detective story suggested by three original ancient Chinese plots*.The University of Chicago Press, Chicago, 1997, pp.88-89.

现任何女同性恋侦探，但出现了相关人物和细节描写，而且这些描写往往与案情的发展有关，甚至成为案情侦破的关键。仍以《迷宫奇案》为例。在该书的第二十四章，高罗佩几乎用了整整一章的篇幅来描绘女同性恋李夫人的外貌以及看见黛兰时的异样神态：

> 黛兰看那李夫人，面相周正，但五官略嫌粗大，双眉稍浓……黛兰燃旺灶内余火……顷刻厨房香味扑鼻……然而李夫人只吃了半碗便放下碗筷，将手置于黛兰膝头……角落里有两只水缸，一冷一热……黛兰提起热水缸盖……快速褪去衣裤，舀了几桶热水倒在盆内。待其舀取冷水时，猛地听得身后有异动，旋即转过身去……李夫人边说，边盯着黛兰。黛兰顿时觉得十分惧怕，忙俯身捡取衣裤。李夫人走上前来，霍地从黛兰手中夺走下衣，厉声问道："你怎么又不沐浴了？"黛兰惊得忙赔不是。李夫人猛地将黛兰拽到身边，轻声说道："姑娘何须假正经！你这身段甚是漂亮！"

当然，像盖尔·威廉的《我们也在漂浮》（*We Too Are Drifting*, 1934）一样，高罗佩如此不厌其烦地细述女同性恋性爱的目的是给接下来的情节高潮做铺垫。果真，李夫人求爱不成，便凶相毕露，并丧心病狂地用白玉兰之死来威胁黛兰。只见她将布帘一拉，梳妆台现出白玉兰的血淋淋头颅。正当李夫人的尖刀刺向黛兰之际，窗外跃入了彪形大汉马荣，眨眼工夫他便打落了尖刀，又将李夫人的双手绑定。至此，白玉兰失踪案告破。

立足西方古典式侦探小说创作模式，选择性融入中国古代文化元素，一切以故事情节生动为准则，高罗佩的十六卷"狄公案"就是这样成为早期西方历史侦探小说的成功范例，同时也赢得世界千千万万读者的青睐。

黄禄善

2017年10月26日

黄禄善，上海大学外国语学院教授，上海作家协会会员、上海翻译家协会理事，英国皇家特许语言家学会中国分会副会长。译有《美国的悲剧》等十部英美长篇小说，主编过八套大中小外国文学丛书，其中由长江文艺出版社、花城出版社出版的"世界文学名著典藏"（精装豪华本）近二百卷。

高罗佩·大唐狄公探案年表

狄公职务	案件及编号	高罗佩创作时间

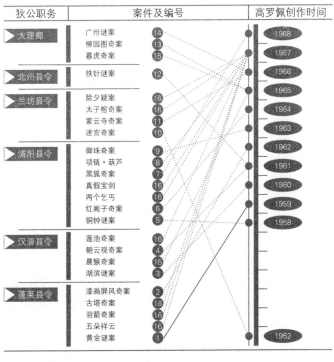

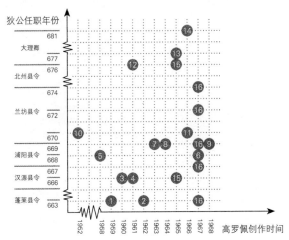

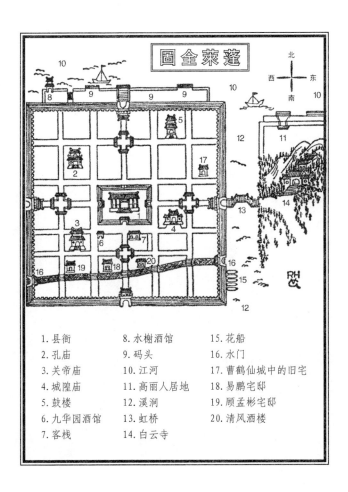

圖全萊蓬

北
西　十　东
南

1.县衙　　　8.水榭酒馆　　　15.花船
2.孔庙　　　9.码头　　　　　16.水门
3.关帝庙　　10.江河　　　　　17.曹鹤仙城中的旧宅
4.城隍庙　　11.高丽人居地　　18.易鹏宅邸
5.鼓楼　　　12.溪涧　　　　　19.顾孟彬宅邸
6.九华园酒馆　13.虹桥　　　　20.清风酒楼
7.客栈　　　14.白云寺

书中主要人物

黄金谜案

目录

目录

黄金谜案

· 1 ·

诗曰：

世事莫测多别情，
但悲不得长相聚；
天涯虽远清名留，
万代流芳皇统续。

京城长安北门外小山坡上有一座松柏掩映的三层古雅酒楼，此楼原是送往迎来之所，故名"悲欢楼"。其正门之上即题刻着上面这首无名古诗，大意说的是，那别亲去友、离京赴任的朝廷官员与友朋同僚感伤话别、相互劝勉及立志建功立业、报效朝廷之事。因这诗情真意切，引得过路文人多好驻足吟诵，以致传扬开去，使得京城里人人皆知悲欢楼的大名，也便每每有人到此或饯别或接风，互诉衷肠。

且说这日又有三位着官服之人来到悲欢楼上落座。此三人均为三十上下年纪，其中一人头戴乌纱帽，姓狄名仁杰，人称狄公，乃新任蓬莱县令，正欲离京赴职。另二人一人姓梁名体仁，一人姓侯名钧，皆头戴儒巾。二人俱是狄公同僚好友，这日来此专为狄公饯行。三位官人在悲欢楼顶楼之上只管杯来盏去，却并不多言一语。酒过数巡，三人移目窗外，极目远眺，久久凝视那北门外通往远方的大道。

此时正值暮春时节，但见天空阴霾万里，细雨迷蒙，淅淅沥沥下个不停。路上几无行人，只在远处一片墓地里尚有两个挖坑筑坟的人蜷缩在一棵高大苍翠的古柏树下避雨。

三人闷闷地用完午膳，终于到了话别之时。

梁体仁将酒杯重重置于桌上，怏怏不乐道："狄兄此去有何必要，实在让人难以理解！狄兄前已官居大理评事之职，不久即可官比侯兄，我等本可于京城把酒言欢，可狄兄却……"

狄公神情激动，频频抚弄颔下乌黑的长髯，不待梁体仁将话说完便道："此事不必再议，我……"狄公略顿一顿，竭力控制住激动的情绪，歉意地一笑，继续言道，"我曾多次声言，本人早已厌倦纸上断案！"

"可又何必定要为此离开京城呢？"梁体仁又道，"难道京城概无令狄兄感兴趣的案件不成？前不久，户部侍郎汪元德谋害身边随员、盗取黄金三十锭潜逃一案，不正可让狄兄一试身手

话别悲欢楼（高罗佩　绘）

吗？为此案，户部尚书侯光世伯每日皆遣人来大理寺催问案情。侯兄，你说是也不是？"

侯钧官居大理丞，听得梁体仁提及汪元德盗金一案，不禁面露难色，迟疑片刻道："有关此案，目下尚未觅得半点线索，不知案犯现将黄金卷至何处。如此大案，狄兄难道亦不为之所动？"

"想必二位不是不知，"狄公淡淡一笑道，"此案现由大理卿亲自过问。我辈虽也曾阅过此案卷宗，然每日例行公务繁忙，待抄文牍堆积如山，何尝有机会插手其间！"

狄公言罢，伸手取过桌上锡壶，又为自己满斟一杯。三人相视无语。少停，梁体仁又道："狄兄起码应拣选一更佳的去处，为何定要去那终日阴雨、远在海边的蓬莱县任县令？岂不闻当地自古便有怪诞之事？传说每逢狂风暴雨之夜，当地即有鬼魅出没坟茔，海上也有怪影于云雾之中若隐若现，甚至有传言说近来当地山林之中又有恶虎出没。何况狄兄一旦到任，便须即刻接手前任县令被人神秘谋杀之棘手疑案！如今蓬莱县令一职，人人避之犹恐不及，狄兄竟然自荐前往，实在是不可思议！"

狄公心不在焉地听梁体仁把话说完，不以为然道："照梁兄所言，我此去不正可接手一桩谋杀疑案吗？不正可有机会摆脱枯燥乏味的抄抄写写的案头事务吗？二位仁兄，我此去终于可亲自断案，惩处恶人，昭彰公理，以遂我平生之愿！"

"但狄兄切不可小觑了此桩谋杀疑案。"此时侯钧言道，"前往蓬莱调查此案的官员回报说，至今尚未觅到半点线索，更无从知晓案犯动机。况我不是也早已告知狄兄，此案部分卷宗已自文案馆不翼而飞了吗？"

"此案难断，显而易见。"梁体仁迅即附和道，"狄兄是明白人，谋害朝廷命官绝非小事，京城高官必定染指其中。天知道狄兄此去会惹出什么祸来。一旦惹了哪位高官，说不定还会身陷其预设之圈套，亦未可知！如今狄兄官绩良好，今后在京城必定前程无量，而狄兄却宁愿将锦绣前程埋没，弃之于那蓬莱偏僻之地！"

"狄兄，"侯钧诚恳言道，"劝君要三思而行。现思退途，时犹未晚。狄兄可奏称忽染风寒，身体欠佳，求准十日病假，其间朝廷必会另择他人补缺。听我一言，狄兄，我可完全是为你好啊！"

狄公见侯钧恳切，心中甚为感动。他与侯钧相识不过期年，今日听其道出如此真切之言，不禁对其肃然起敬，遂将杯中之酒一饮而尽，推座起身。

"二位仁兄关怀挂念之情，狄某在此深表谢意，并将永志不忘！"狄公动情道，"二位所言的确在理，若我继续留任京城，于今后仕途升迁或许更为有利。然狄某心意已决，务要做番事业出来，何况我早已无意于整日埋首书案抄抄写写之事务。故此我许下心愿，要向世人证明自己也是有能力报效国家、治理一方之人。蓬莱县令一职，乃是狄某真正步入仕途之始！"

"或许仕途之末亦未可知！"侯钧低声自语道。他起身走到窗边，凭窗眺望，只见远处墓地里那两个筑坟人已离开那借以避雨的古柏，开始动手掘土。侯钧心中一颤，面色陡变，意识到与朋友分手在即。见已无法使狄公回心转意，他遂长叹一声，转身道："雨止住了。"

"看来我也该起程了！"狄公断然道。

三位好友遂一同缓缓下楼。

楼下庭院内，一位上了年纪的老者手牵两匹驿马已等候多时。见三位官人下楼，店家连忙趋前为之满斟三杯饯别酒。三位好友举杯一饮而尽，把臂互道珍重。继而狄公翻身上马，灰胡子老者也攀上坐骑。狄公扬起手中马鞭向梁、侯二人道别，随即扬镳策马驰向远方大道。

梁体仁与侯钧久久伫立于高处，遥望狄公远去的身影，心中不觉颇感凄凉。侯钧满面忧容道："有一事我未告知狄兄。今晨有人自蓬莱来，告诉我一桩可疑之事，说是有人曾亲眼看见那位被害县令之鬼魂在县衙大堂内游荡。"

却说狄公自离了京城，偕同参军洪亮晓行夜宿，只两日，约莫正午时分已抵达山东境界。二人于驿站中用过午膳，换了马匹，继续沿大道迤逦前行，向东驰往蓬莱。这一路山高林深，颇为难行。

这日狄公身着简朴的棕色便装，将官服及一些私人日常物品盛放于坐骑下两只马褡子内。临行前，狄公心中即已筹划，只待抵达蓬莱县衙，安顿下住处，便将二位夫人及子女用篷车接来同住，届时再将家中其他财物、仆婢一并带来。故而此次轻装而行，只图速速抵达任所。

狄公身后，老参军洪亮策马紧随。只见他背负一个行囊，囊中有两件要紧之物，一件为狄公日常携带之宝剑，名曰"雨龙"，此乃狄公传家之宝；另一件为断案所用之法典，其上满是工整俊秀的小楷眉批，此乃狄公已故父亲任谏议大夫时亲笔所书。

这洪亮原是狄公父亲手下的侍从，狄公幼时随父母居住于并州，便得洪亮的照拂。及至狄公进京获得功名，成家置业，洪亮亦始终相伴其左右。平日里，家务操持自少不了他，即便公事谋划，洪亮亦能襄助狄公一二，因此早已成为狄公之心腹。如今洪亮年纪虽已老迈，却仍坚持随主人远赴蓬莱。

且说狄公与洪亮继续赶路，行了一程之后，狄公放马慢行，在马上转身对洪亮道："若是天气依然晴朗，今夜我二人即可抵达兖州重镇。明晨我二人早早起身出发，估计午后便可抵达蓬莱县境。"

洪亮点头称是。

"等到了兖州，"洪亮道，"可请兖州刺史派遣一名使者先行赶往蓬莱，提前告知当地官吏，也好叫他们早做准备，另外……"

"我等切不可如此行事！"狄公未待洪亮言毕便道，"自前任蓬莱县令遇害之后，当地事务现俱由蓬莱县主簿临时代理。今此人已知我将接任，这便够了，无须先行告知我等行期！我宁愿神不知鬼不觉地抵达蓬莱，也不愿事先为人所知。此亦是我拒绝边防驿站派兵护送的缘由。"言罢，他继续策马而行，洪亮则紧随其后。

行了一程，狄公又道："我仔细翻阅过那宗谋杀案卷，然其中最为紧要的部分，也就是从死者书斋中搜出的私人书信，却不翼而飞。这些书信原是由负责调查此案的朝廷官员亲自带回，如今竟遭失窃。"

闻听此言，洪亮不禁担忧地说道："怎会这样？听说去调查的官员仅在蓬莱住了三日。无论如何，谋杀朝廷命官绝非小事，他本该留待更长时日，起码也该等了解了案情的来龙去脉后再走，这样方说得过去。"

狄公点头道："此不过为本案诸多疑点之一！调查的官员返京后只是报称：汪县令被发现毒死于书斋之中，所服毒药经查验为蛇毒制成，然无人知晓毒药如何被放置，亦无从查询罪犯线索及动机。仅此而已！"少顷，狄公又道，"我一获委任即去拜访了那位曾去调查的官员，不想此人早被授以新职，今已远赴南方上任去了。此人在京的一个随从将一沓不完整的案卷交于我，称其主人从未与之谈过案情，也未在案卷上留下只言片语，并且未做任何口头交代。故对此案我今只得从头做起！"

洪亮低头不语，心事重重，不似主人这般兴致勃勃。二人默默无语，继续前行，一路上并未遇见行人。行不多时，二人来到一处山野林地，但见道路崎岖，两旁古木参天，不见天日，荒草遮道，难辨路径。

二人缓缓而行，拐过一个弯，忽然从林中岔道内冲出两个骑马壮汉。但见这两个壮汉身着打着补丁的轻便短装，头上扎着满是污垢的蓝布包巾，一人弯弓搭箭直指狄公二人，另一人拔剑在手，策马趋前厉声道："晓事的快下马来！留下马匹钱财！敢说半个'不'字，定取你二人狗命！"

　　见事危急，当下洪亮在马上急忙转身，欲抽取背上宝剑交付狄公，忽听耳边嗖的一声，一支利箭擦着头皮飞过。

　　"速速把剑放下！"那搭弓者高声喝道，"不然再一箭定穿透你这厮咽喉！"

　　此时狄公向周围迅速扫视一眼，但见周围山势环抱，地形险恶，无路可退，不禁心下暗自焦急，深责自己当初不该拒绝兵卒护送。

　　"速速下马！"持剑强人大声喝道，"算你二人命大，撞在我们两个仗义好汉手中，没要了你二人狗命。"

　　"什么仗义好汉？"狄公下马讥讽道，"攻击徒手之人，且有弓箭手在旁护卫，也敢自称仗义？你二人不过是一对平常毛贼而已！"

持剑者见狄公如此轻视自己，便翻身下马，凶狠地持剑逼近狄公。狄公见此人生得膀阔腰圆，头大颈粗，气壮如牛，却听他咬牙切齿道："你这厮敢讥笑于我！"

狄公也被激怒，满面通红地吩咐洪亮道："拿剑来！"持弓者驱马逼近洪亮并威吓狄公："快快闭嘴，照我二人说的去做！"

"你等莫不是不敢与我较量？若敢与我较量，方证明你等非平常毛贼。"狄公厉声道，"快拿剑来。待我先了结了他，再来取你性命！"

听得狄公如此说，持剑者禁不住呵呵大笑，仗剑对持弓者道："兄弟，这厮这般小看我二人，我倒想与他耍耍。给他剑，让他也见识见识老子的手段！"

持弓者若有所思地瞟了狄公一眼，随之高声对同伴道："没工夫耍了，还是夺了马匹财物速速离去的好！"

"果不出我所料，"狄公冷眼道，"真是大言不惭、胆小如鼠之辈！"

持剑壮汉闻言勃然大怒，一步跃至洪亮马前，一把扯下洪亮背上的宝剑，掷与狄公。狄公接剑在手，又从容将额下长髯分为两股扎于颈后，然后拔剑趋前道："交战之前我有一事相告，二位若是明理之人，则无论胜负皆不许伤害这位老者！"

持剑壮汉点头应允，紧接着便唰的一剑向狄公当胸刺来。狄公挥剑将来剑轻轻拨开，随之便是一阵令人眼花缭乱的连续攻击，逼得对手连连倒退，气喘不止。两三个回合之后，壮汉再也

比武艺雨龙显威（高罗佩　绘）

不敢小看狄公，开始认真对付。洪亮与那搭弓者站立一旁观战，但见二人你来我往斗了十几个回合，仍未分出胜负。狄公感到对手的剑法十分娴熟，虽偶有破绽，但凭借他的力大无比和机智敏捷不但能一一化解，而且还能屡屡将狄公诱至路边不平处以使狄公分心脚下，再伺机进攻。此乃狄公平生首次实战，因此精神百倍，愈战愈勇，心想不需多久便可伺机一举击败对手。但此时，壮汉手中之铁剑已经抵不住坚韧无比的雨龙宝剑的削击，正当壮汉举剑招架之时，手中铁剑忽然啪的一声断为两截。

壮汉手握半截铁剑兀自发愣。狄公也不伤害他，只是转身对搭弓者喝道："此番轮到你了！"

搭弓者也不答话，只是翻身下马，解去外衣，将袍角提起掖于腰带之内。至此他已知狄公剑法高超，不可轻敌，故一交手便使出浑身解数。几个回合之后，狄公便知此人亦非等闲之辈，其来去攻防，几无破绽。狄公斗得兴起，手中雨龙宝剑上下翻飞，左右回旋，声东击西，神妙莫测。对方也不示弱，腾挪闪跳，步法灵活，闪避开狄公的进攻，又以快如闪电般的劈刺反击。狄公挥剑抵挡，唰唰几招便化解了对方的攻势，紧接着一个银蛇出洞，挥剑直向对方咽喉刺去，但见雨龙剑擦着敌手颈边而过。那搭弓者却也毫无惧色，并不退缩，迅速用剑挡开雨龙剑，伺机转守为攻。

正当二人酣斗得不可开交之际，忽听一阵銮铃声响，弯道处转出一支二十人的巡山马队。马队军士个个背负弩机，身挎腰刀，手执长枪，上前将四人团团围住。

"你等是何人？在此何干？"当先一人大声喝问。此人身着铠甲，头戴红缨铁盔，显见是巡山马队校尉。

狄公斗得兴致正浓，忽被搅扰，不禁心中十分恼怒，便不客气地答道："我乃新任蓬莱县令狄仁杰，此三人皆是我随从。我等骑马赶路，因人困马乏，故在此斗剑比武，舒展筋骨。"马队校尉审视再三，将信将疑。

"还烦大人出示一下公函与下官过目。"校尉以客气而不容置喙的语气对狄公道。

狄公俯身从靴筒中取出一封公函递与校尉。校尉抽出其中官诰迅速一阅，随即将之交付狄公并拱手施礼道："大人，抱歉打扰了。在下得到快报，说此地有强人出没，故来此巡查，不想惊扰了大人，还望大人海涵。望大人一路平安，在下就此告辞！"说罢回马率队疾驰而去。

见马队远去，狄公举剑示意道："我等接着斗！"说着便唰的一剑向对手当胸刺去。搭弓者用剑隔开狄公的剑，然后便一个收势将手中之剑插回剑鞘。

"大人，请速速上马赴任去吧，"搭弓者道，"今日与大人相遇，知我朝官员仍有如大人这般仗义勇为者，甚感欣慰。"

搭弓者示意同伴，二人一跃上马。狄公也将雨龙剑递与洪亮，预备取出官服。

"我收回方才之言。"狄公道，"我观二位亦是仗义明理之人，不似久居山林之草寇。我今奉劝二位早日改邪归正，以免落得盗贼般下场。想必二位心中定有未解怨仇，但还是忘却了为好。今北方番邦屡屡犯边，正是国家亟需用人之际，二位武功高强，正可报效国家。"

搭弓者扫视了狄公一眼，平心静气地说道："我也奉劝大人，路上还是亲自带剑为妙，以防再次遭遇不测。"说罢便勒转马头，与同伴双双离去，转眼间就消失在密林之中。

当下狄公便从洪亮手中取过宝剑，自负于背上。老洪亮道："大人教训了这两个强人，但不知他们究竟是何等样人？"

狄公道："但凡这等人亡命江湖皆有一定的情由。然据我所知，这等人专门劫富济贫，又好打抱不平，乃是自称'绿林好汉'的侠义之士。好了，洪亮，我等还是速速赶路要紧，今日这场遭遇颇为尽兴，却也耽误了我等不少工夫。"

当下二人上马继续赶路，行到黄昏时分，终于抵达兖州。守门士卒指引二人至城中接待过路官员之客栈。因走了一日，狄公颇感腹中饥馁，一进客栈，看好二楼一间客房后，便招呼店家预备酒饭。

饱餐一顿之后，洪亮沏了杯热茶递与狄公。狄公坐于窗边，凭窗观望，只见客栈前的大街上有许多士卒手执火把、兵器穿梭往来，士卒身上的铁盔与铠甲被火光映照得闪闪发光，到处显现出军事重镇的威严景象。

正观赏间，忽闻一阵敲门声，狄公扭头探视，见两个壮汉步入房中。狄公眼前一亮，禁不住惊喜地叫道："啊呀，这不是我们的绿林兄弟吗？！二位如何也来到此地？"

两位壮汉上前施礼。此刻二人身上仍穿着打补丁的骑装，只是头上换戴了猎户皮帽。其中那位曾当先攻击狄公的壮汉开口道："大人，今日你曾对那马队头领称我二人是你随从，我们也看出大人是个好官，所以我与兄弟商议好了，若是大人愿意收留，我二人愿跟随大人左右，真做个随从，情愿为大人效力，听候差遣。"

狄公闻言，眉头一展。另一人急忙上前又道："我二人虽不甚知晓衙门内公务，但却晓得听从调遣。即便不能为大人整理几案、抄写文书，却也可为大人跑腿出力，缉拿凶犯与歹徒。"

"二位且坐。"狄公道，"我尚不知二位尊姓大名，何方人氏，曾做何营生。"

二人见问，便于房中两个矮凳上就座。那头一个壮汉抚膝坐定，咳嗽两声先开口道："在下名叫马荣，江苏人氏，从小随父泛舟江上，以运货打鱼为生。后渐渐长大，只因喜好拳脚，父亲便将我送去一个有名的拳师家学些本事。除习武之外，师父也教我识文断字。成人后我也曾在军中谋得过一官半职，为朝廷征战出过力。后老父病故，为了还债，不得已我将渔船变卖，并投靠当地县令，充任其保镖，权且糊口。可没不久我便看出那县令乃是一个专事欺压百姓的无道贪官。那狗官贪得无厌，曾用严刑将一寡妇屈打成招，强占了寡妇的家产，这是我亲眼所见。我实在看不过，便与那狗官起了争执，没承想那狗官非但蛮不讲理，还要动粗打人，于是我一怒之下将他打倒在地，遂逃出县衙，藏身山林。我老父在天亡灵可鉴，我从未滥杀无辜，抢也只抢那财主富商，从不拦劫穷苦百姓。现有我结拜弟兄在此，他也可为我做证。"

狄公点头，又转身询视另一人。此人颧骨突出，鼻直唇薄，虽不似先前那位那般粗壮魁梧，却也生得高大结实，孔武有力，且似乎更有心计。只见他用手抹一下唇上黑髭，从容言道："在下姓乔名泰，家父乃地方名流。旧时，我有一班要好弟兄，因无意中惹了一个高官，竟皆被残忍陷害致死。我寻那黑了心的狗官评理，那狗官却避而不见，后竟踪迹全无。不得已我上告官府，官府也全然不予理会。我心中绝望至极，遂隐遁山林，闯荡江湖，希图有朝一日能够寻到那狗官并亲手将他宰了，为弟兄们报仇。皇天可鉴，我乔泰也从未劫掠过贫苦百姓的钱财，从未滥杀无辜。我愿听从大人差遣，但有一条件，他日我若寻见仇人，大人须允我报仇雪恨，因我曾向屈死的弟兄们的亡灵发过誓，不剁下那高官的狗头，将之喂狗，绝不罢休。"

狄公以手捻须，目不转睛地注视着面前这二人，良久方道："我答应你二人请求，亦接受乔泰条件。我理解乔泰报仇心切，然你亦须答应我一个条件，随我做事须合乎法度，切不可任意妄为。此次你二人可先随我赴蓬莱，若我用得着你们便用之；若是用不着，我亦会告知于你二人，那时你们须答应我即刻参军，赴北方抵御外侮，为国效力。跟随我，即须毫无怨言，忠心不贰。"

乔泰闻言喜形于色，连忙应道："'毫无怨言，忠心不贰'，乔某谨记在心！"

当下，乔泰起身扑通一声跪伏于地，向狄公连连叩首谢恩。马荣也双膝跪地，向狄公叩头，感谢狄公接纳之恩。

狄公扶二人起身，指着洪亮对二人道："此是洪亮，他跟随我多年，乃我心腹之人。日后你二人须与之亲密合作。蓬莱乃我当地方官的第一个去处，故我尚不甚知晓衙门内情。然据我所知，那些衙役、听差、保镖等使唤人等一般皆是从当地招募而来。听说近日蓬莱可疑之事颇多，想那衙门里人亦脱不了干系，故此我须有自己信得过之人。你们三人今后即可做我耳目，为我留心周边来往之人。洪亮，你去吩咐店家热壶酒来。"

洪亮吩咐了店家。俄顷，店家走来为狄公等斟酒。狄公首先举杯向三人敬酒，先谢了三位日后鼎力相助，洪亮、马荣、乔泰亦举杯祝狄公安康并马到成功，四人皆一饮而尽。

次日凌晨，狄公一觉醒来，见洪亮等不在房中，便自起身吃了早饭，然后缓步下楼，却见洪亮、马荣、乔泰三人俱已在楼下院中等候多时。马荣、乔泰显然去过街市，只见二人穿戴齐整，身着簇新皂袍，腰系一色青巾，头戴黑布高帽，俨然一副公人打扮。狄公见了甚是欢喜。

"大人，今日乌云遮天，怕是路上要下雨。"洪亮仰头望天道。

"我已用麦草将马鞍等处包扎严实，便是下雨也无碍。"马荣道。

当下，四人便打点好行李，付了店钱，上马起程，出兖州东门，直向蓬莱方向而去。初时，东门外大道上行人甚多，四人骑马走了好一阵，路上行人方渐趋稀少。行了不到一个时辰，四人驱马进入一带杳无人烟的山地。此时忽见一人骑着一马又牵着一马迎面飞奔而来，与他们四人打了个照面擦身而过。马荣望着那人坐下之马赞不绝口："好马！好马！那浑身火炭色的马实在是匹好马！"

"这厮忒浑，怎的将那红匣子放在鞍座上？"乔泰道，"那会惹上麻烦的！"

"何以见得？"洪亮也见那人鞍前放着个红匣子，听乔泰如此说，心中不解，便问道。

"在这一带，"乔泰答道，"这类红皮匣多为收租人所有，其中多半装有钱款银两，因此明白人大都将匣子藏在马褡子之内，并不暴露在外。"

"此人看去似有急事。"狄公忽然插话道。

约莫正午时分，四人终于抵达山地边缘。这时忽然天降大雨，路途难行。无奈，四人只得在路边高地一棵大树下暂避。狄公立于树下，向东眺望，影影绰绰已可见坐落在远处一片肥沃的绿色半岛上的蓬莱县境。

四人围坐于树下，取出随身干粮食用。将近蓬莱，马荣一时谈兴大发，滔滔不绝忆述起从前与乡间女子相好的风流往事来。狄公对马荣的风流韵事虽不感兴趣，却也十分喜欢马荣的幽默风趣。待马荣说完一件往事又欲讲述另一件往事之时，狄公插话道："我听说此地常有老虎出没，然老虎多生活于较为干旱之地，何以此处会有老虎踪迹？"

乔泰坐着，一直未曾言语，此刻听得狄公询问老虎之事，乃开口应道："哦，大人，那可难说。虽说那畜生生来便喜好待在深山老林之中，可有时馋了也会跑下山来吃人。说不定日后我们也会碰上呢！"

"听说老虎成精便好食人，我想听听虎精的传说，不知你们谁能为我言之？"狄公问道。

马荣向身后远处幽深的山林投去忧虑的目光，说道："我可从未听说过什么虎精的传说。"

"可否借大人佩剑一看？"此时乔泰忽对狄公说道，"想来这剑必是大人祖上传下来的宝剑。"

狄公将剑解下递与乔泰："此剑名为'雨龙'。"

"莫非是闻名天下的雨龙宝剑？"乔泰惊喜地叫道，"难道说这剑便是天下好汉津津乐道的雨龙宝剑？这剑可不一般！它可是由数百年前天下最负盛名的三指剑师亲手铸锻而成，是剑中极品呀！"

狄公目视宝剑缓缓言道："传说三指剑师为铸此剑耗费了数载光阴。起初连铸八次，八次均未成功，于是他向河伯求助，起誓说若河伯助其成功，即将其爱妻献与河伯。不想第九次他终于成功，铸锻出这柄雨龙宝剑。三指剑师为履誓言，随即杀死妻子，将其妻头颅割下带至河边，欲献与河伯。当时忽然天降暴雨，电闪雷鸣，三指剑师为雷电击毙，惊涛骇浪将他的尸首与妻子的头颅一并席卷而去。大约两百年前，雨龙宝剑为我祖上所得，遂成了我家传家之宝。这两百年间，此剑一直由狄家长房代代相传。"

乔泰听罢，不由得忙以襟掩口，生怕口中气息玷污了面前的雨龙宝剑。他将雨龙剑从剑鞘中小心抽出，恭恭敬敬地用双手捧起观赏，只见剑身寒光闪烁，剑刃锋利无比，未有丝毫锩刃锛口之处。乔泰赞不绝口，眼中放射出异样的光彩，自语道："若是我命该丧于剑下，我愿以血洗剑，死于此剑之下。"言罢，躬身深施一礼，将剑奉还狄公。

此时暴雨已住，天空渐渐放晴。四人再次翻身上马，策马向山下行去。

下了山，地势渐缓，四人沿大路来到一块界碑旁，见上面刻着"蓬莱县境"四个醒目大字，知已抵达蓬莱县境，个个心中欢喜。四人放眼望去，却见眼前只是一片雾气蒙蒙的泥泞平原，与他处并无两样。然此时狄公却满心喜悦，一路欣赏着眼前景色，心想此地已是自己的管辖领地。

狄公四人顺大道轻快前行。约莫行到申时黄昏之际，前方迷雾中隐约显现出蓬莱城的轮廓。于是四人快马加鞭，一路疾驰，旋即便到了西门之下，但见城垣低矮，门楼简朴，全然不似他处城池那般巍峨壮观。

乔泰见状，心中颇为疑惑，忍不住问狄公道："大人，我有一事不明，敢问大人，为何此处城池这般矮小？"

狄公闻言，抚须微笑，不慌不忙地说出一番道理来。

狄公不慌不忙道:"我曾详细察看过这一带的地图。此城位置绝佳,周围有天然屏障可做依托。城北一带尽为悬崖,居高临下,悬崖之下有一条大河蜿蜒向东流向大海。城东又有一条宽阔深邃的溪涧与此大河相接,大河尽头通海口处设有一关防要塞,驻扎重兵把守。城南则是一片沼泽,极难行走,不宜用兵。唯有此西门之外稍显平坦,然亦设有哨卡,派有兵卒把守。数年之前,我朝征战高丽之时,为防高丽战船沿城北河道侵入,凡经河口关防的船只皆须接受严查,之后方得通行。故而此城易守难攻,实无须高墙厚垣。在这一带,蓬莱乃是唯一天然良港,故此地亦是与高丽国、日本国商贸往来之枢纽。"

"在京城时,我听人说,"此时洪亮道,"许多高丽人南下迁居此地，且来者多为水手、船匠以及一些佛教信徒。他们集中居住于城东溪涧一侧，居住区内还建了一座不小的寺庙。"

乔泰闻言，笑着对马荣道："兄弟，想来你艳福不浅，此番又可勾搭上高丽女子，且可去那附近寺庙求菩萨成全你的风流愿。"

此时两名守门士卒走来将城门打开，放狄公四人入城。四人沿城中大街徐徐而行，只见大街两旁满是店铺、商贩，人来人往，十分热闹。未几，四人便到了县衙院墙之外，沿墙边向南行不到百步便到了衙门口，但见几个守门衙役正懒懒散散地坐在门口大鼓下一条长凳上闲聊。见有官员到来，这几个衙役慌忙立起，恭敬地向狄公四人行礼。然当狄公刚一走过，这几名衙役便又嬉皮笑脸地相互挤眉弄眼、递送眼色。洪亮在后皆看在眼里。

书吏跑来拜迎狄公，将狄公等引入前厅。前厅内有四名书吏正挥毫疾书，边上一名瘦骨嶙峋的短须老者正来回巡视。

见新县令到来，短须老者慌忙趋前迎接，前言不搭后语地自称姓唐，乃本县主簿，临时代理本地衙署事务。

只见这唐主簿神色慌张地言道："在下事先未获通报，不知大人今日驾到，以致未及预备接风筵席，实在……"

"我本以为边防官驿会差人先行通报你等，"狄公不待主簿言毕即道，"必是何处出了差错，以致如此。然我既到，你便引我等巡视衙署。"

唐主簿先将狄公等引至大堂。大堂上砖砌地面清扫得一干二净，里边台阶上设一高大案桌，案桌上铺有一块簇新红锦桌布。案桌之后则为影壁，其上张挂一块褪了色的紫绸幕布，几乎将整面影壁遮蔽得严严实实。那幕布中央用金线绣着一只象征威武、敏锐的狻猊。

绕过影壁便是大堂后门，出后门是一条狭长走道，沿着这条走道便进入了县令老爷处理日常公务的后堂书斋。书斋内陈设齐备，书案擦拭得一尘不染，光可鉴人；墙面洁白，显然是新近才粉刷过的；书案后放置一张长睡榻，其上铺陈一条深绿色锦褥。书斋之侧连接一室，室内放置文书案卷。狄公探头向内随意扫视一眼，便步出书斋走入内院。内院正前方即为客厅所在。

唐主簿神情紧张地向狄公解释道："自那朝廷钦差离去之后，此处客厅便未再启用过，只是其中桌椅或许曾被移动。"

狄公见唐主簿神态慌张，甚觉奇怪。为使其消除疑虑，狄公和颜悦色道："近日难得主簿在此操持，将衙内事务料理得如此井井有条。"

唐主簿朝狄公深深作了个揖，期期艾艾道："回禀大人，在下年轻时即被招募，入衙之初只是一名小小公差，至今于此已有四十年之久。在下做事一向喜好按部就班、有条有理。从前此处一直平安无事，不想如今却……"

说话间，众人已来到客厅门首。唐主簿上前将客厅大门打开。

众人步入客厅，围聚于客厅中央一张华美雕花桌旁。唐主簿恭敬地将桌上一方衙门大印捧起呈递与狄公。狄公仔细将印与原注册簿上的印纹比照一番之后，方才签收。收下大印，狄公便可正式掌管蓬莱地方事务了。

狄公手抚长须道："自今日起，本县将全力处理前任县令遭人谋害一案，其余一应公事暂且置后。今日本县先行召见县衙大小官员，此后尚需择适宜之机接待本地名人士绅并会晤四乡里正。"

"禀大人，本县另多一位里正，"唐主簿道，"此人为高丽里正。"

"高丽区域的里正是我汉人否？"狄公问道。

"不，大人。"唐主簿答道，"不过此人通晓我国言语。"说至此，唐主簿踌躇片刻，又以袖掩口咳嗽数声，然后胆怯地继续言道，"大人，在下以为此事似有不妥之处，但州府刺史大人已决定在城外溪东高丽人聚居地另设一里，并允其自治。此里之内安全事务皆由其里正自行负责，倘未获其准许，衙门官吏皆不得擅入其里干涉其事务。"

"此事确实不甚寻常，"狄公低头思量道，"我会于近日调查此事。现在你先去前厅将衙门内一应官吏、差役人等召集于大堂之上。本县先去后院私宅歇息片刻，待缓过精神便来召见各位。"

唐主簿闻言，面上显出为难神色，迟疑片刻道："大人住处甚好，去年夏天，前任汪县令才命人将宅邸粉刷一新。然不便的是，汪县令家私仍在其中，尚未搬出。在下亦在等候汪县令在世的唯一亲人，即他的胞弟回音。故在此之前，在下实不知将那些私人物件送往何处为好。汪县令早年鳏居，一向只使唤几个本地仆役，自他被害亡故后，这几个仆役便相继离去了。"

"然朝廷调查案件之钦差来此又居于何处？"狄公问道。此时他心中颇感诧异。

"回禀大人，钦差大人夜晚只于书斋长榻上就寝，"唐主簿眉头紧锁道，"钦差大人亦在那间书斋用餐。在下十分惭愧，府内事务纷乱无序，在下曾给汪县令之弟去过数封书信，可至今未获回音，在下实在不知如何……"

"你也不必如此为难，"狄公言道，"此案不破，本县不会将家眷、仆役等接来同住。近日我便于书斋中安歇罢了。现时你可将我的随从带去其住处少歇。"

"大人，"唐主簿急道，"衙门对面有一极佳客栈，平日在下与老妻即居住其间，而且我敢保证，大人您及您的随从……"

"此话差矣！"狄公闻言面色陡变，不待主簿说完便道，"为何主簿不居住于衙门之内，却要居住于客栈之中？你一向在衙门内做事，亦该知晓衙门内规矩！"

"回禀大人，在下在客厅后楼上确有几间住房，"唐主簿急忙解释道，"然因此房需翻修屋顶，故在下不得已只好临时寄居客栈，还望大人见谅！"

"也罢，你便暂居于客栈之中。"狄公不耐烦道，"然本县随从仍须居住于衙署之内，你只将他们安顿于守卫衙役的房内便是。"

唐主簿无奈，只得朝狄公深施一礼，然后领着马荣与乔泰离开客厅。洪亮则跟随狄公回到书斋。

回至书斋，洪亮先帮狄公换上一件新官服，又为狄公沏了杯热茶，再将一块热手巾递与狄公。狄公边以手巾拭面边问洪亮道："洪亮，你看唐主簿此人如何？"

"据我看来，他像是十分讲究繁文缛节的那种人。"洪亮答道，"我想我们的突然到来一定使他措手不及，不知如何应付。"

"我想，"狄公沉思道，"此人必定担忧衙署内的什么事，不然不会移居客栈。不知其中有何缘故。"

此时，唐主簿来到书斋，告知狄公衙署官役一应人等皆已齐集于大堂之内，专候狄公召见。狄公闻言便戴上乌纱，径直向大堂走去。洪亮与唐主簿紧随其后。

来到大堂，狄公在那案桌后就座，并示意马荣、乔泰立于其后。

堂上大小官员、衙役共四十人皆跪于阶下。狄公好言勉励一番之后，唐主簿便向狄公一一介绍。狄公注意到，县衙的文职官吏皆身着蓝布袍，守卫兵丁与衙役则身束皮甲，头戴铁盔。众人皆不敢言笑，任由狄公审视。狄公见阶下衙役班头生得一脸横肉，令人望而生畏，一看便知是个心狠手辣之人。但狄公知道，此类人大多生相如此，需要时常调教方可信任。再看仵作，此人姓沈，甫逾中年，面相温文尔雅且聪颖机敏。唐主簿俯身轻声告知狄公，仵作沈郎中也是本地最负声望的名医，此人品行高尚正直。

待唐主簿将文武县吏逐一介绍完毕，狄公遂宣布，洪亮为本县参军，责令其掌管衙署前厅所有日常公务；马荣与乔泰为县衙县尉，统领衙门上下衙役和兵卒，并责令其监管衙内法纪及门卫、牢房等处事务。狄公回至书斋，叮嘱马荣、乔泰即刻便去察看门口防卫与牢房监管之情况。"然后，"狄公又道，"你二人须集合操练衙役、士卒，以便熟悉各人品行，看其是否称职。此后你二人再往城中行走，打探城中情况。我本欲与你二人一同前往城中行走，只是今晚我须查询前任汪县令为人谋害一案之细节，故无法与你等一同前往。今夜，你二人回府来须将城中见闻回报于我，我会在此等候二位。"

当下两人遵令离去。未几，唐主簿步入书斋，其后跟随一名小吏，手拿两支烛台。狄公命唐主簿坐于参军洪亮身旁。跟来的小吏将烛台放在桌上，随即转身离去。

"方才，"狄公对唐主簿道，"我留意到衙署官员花名册上有个录事樊仲，然今日未见其人，不知是何缘故？难道此人病了不成？"

唐主簿以手击额，结结巴巴道："在下也正要将此事禀报大人。樊录事月初去青州府度年假，按说昨日早晨便该回府，可不知何故却并未回来。今晨在下曾差一名公人去城西樊录事田庄上探问。庄客称樊录事与随从昨日便已回庄，约莫中午时分离开田庄，不知去了何处。在下得此消息亦感困惑，心中正自忧虑，不知如何是好。樊录事做事精细，是个能干的官员，一向守时无误，实在不明白其究竟出了何事。樊录事……"

"不会是让老虎吞吃了吧？"狄公不耐烦地讥讽道。

"不，大人！"唐主簿闻言忙叫道，"不，不会如此！"此时但见唐主簿面色陡然变得煞白，双目充满惊恐之色。

"不必如此紧张！"狄公面色阴沉地言道，"本县理解你此时的心情，或许你因前任县令被害而一直心有余悸，然此事已过去半月有余，如今尚有何事令你如此忧惧？"

唐主簿以袖擦拭额头上渗出的汗水。

"还望大人海涵，"唐主簿结结巴巴道，"几日前，城外丛林内曾发现一具被咬断咽喉、吃剩的庄客尸首。此地必有一只食人恶虎。近来，在下为此一直心神不安，无法安睡。方才大人提及老虎之事，令在下闻之胆寒。"

"主簿不必忧虑。"狄公道，"马、乔二位县尉均善狩猎，近日本县即差他二人去猎杀那恶虎便是。此刻你去为我倒杯茶来，待会儿我要与你谈谈公事。"

唐主簿走去倒了杯热茶，回来递与狄公。狄公呷了两口，将杯放于桌上。

"本县想知道汪县令被害是如何被发现的，你可详细为本县道来。"

唐主簿摸着颔下短须，小心翼翼地开始叙述事情的来龙去脉。

"前任县令乃是一位极有风度与涵养之人。平日里，汪大人多是随遇而安、不拘小节，但每遇重大事务却从不含糊，格外精细。汪大人年约五十，见多识广，是个颇为能干的县令。"

"他在此地可曾有什么仇人？"狄公问道。

"在下从未听说他有什么仇人。"唐主簿道，"汪大人断案迅速、公正，名闻四乡，在这一带口碑甚佳，深得百姓厚爱与拥戴。"

狄公频频点头，示意唐主簿继续讲述。

唐主簿又道："十几日前的一日，早晨该击鼓升堂之时，汪县令的管家跑来前厅寻我，说汪大人一夜未曾入睡，书斋中灯烛点了一夜，房门从里边闩着。在下知道汪大人有夜读习惯，经常秉烛读书至深夜方才安寝，有时即伏案而睡，故在下当时以为汪大人定又是伏案而睡，忘了时辰。于是在下忙跑至其书斋喊门，却不见里面有丝毫动静。在下担心汪大人有什么意外，遂唤来力大的衙役破门而入。"

说到此处，唐主簿稍顿，嘴角不自觉地抽搐了数下，略定了定神，方继续说道："门打开之后，我见汪大人仰面朝天倒卧在茶炉旁的地面上，两眼直瞪着屋顶，又见一只茶杯滚落于汪县令右手边的篾席之上。在下上前摸了摸汪大人的身体，发觉已是冰冷僵硬，随即传来仵作沈郎中。沈郎中验尸后称，汪大人约莫死于夜半之时，并从茶壶内取出一点茶水以作验证。他将……"

"那茶壶当时放于何处？"狄公插话道。

"禀大人，放在书斋左侧茶具柜上，"唐主簿道，"茶具柜旁是烧水的铜茶炉。那茶壶内尚有半壶茶水，沈郎中将其中一点茶水喂与一条狗吃，那狗只挣扎几下便倒地而亡。沈郎中将茶壶内茶水又再热过，嗅之似有异味，乃断定其中下有毒药。当时那茶炉上尚且煨着一把烧水铜壶，因壶内水已烧干，所以沈郎中无法检验铜壶内是否有毒。"

"平日里都是何人递送茶水到书斋？"狄公追问道。

"并无专司送茶水之人，都是汪大人亲力亲为。"唐主簿急忙回复道。他见狄公抬头审视自己，不觉语速也加快了许多："禀大人，汪大人嗜好饮茶，且十分讲究。汪大人坚持从自己宅院内的井中取水，并亲自于卧房书斋中茶炉上烧水沏茶，不让旁人插手。其所用茶壶、茶杯与茶叶罐皆是贵重的古董。他将这些茶具小心收藏在茶炉旁的茶具柜内，还加了锁以防失窃。当时在下还命沈郎中验了茶罐内的茶叶，但未发现其中有毒。"

"此后你又做了什么？"狄公继续追问。

"大人，当时在下即刻差遣一名老成信使前去州府将此噩耗禀报刺史大人，并将汪大人遗体暂时盛殓，停放于汪大人私人宅堂内，然后为汪大人书斋上了封条。到了第三日，朝廷从京城派来调查此案的钦差至此。他命此处军寨守捉使拣选六名书吏助其彻查此案，并将汪大人身边仆役一并拘禁，严加讯问。他又……"

"此事我已知晓，"狄公有些不耐烦地说道，"我看过此人呈给朝廷的奏章。奏章中说得明白，无人接触过茶水，亦无人于汪县令那日退堂之后去过其卧房书斋。然我想知道，钦差大人究竟是何时离开蓬莱的？"

"第四日早晨。"唐主簿小心回复道，"钦差大人传唤在下，命在下将汪大人灵柩移至东城门外白云寺内停放，待死者胞弟有了回音，再定葬于何处。随后他便将那守捉使的六名书吏遣返军寨，又告知在下，他将带走汪大人所有的私人书函，然后便离开了蓬莱。"说至此，唐主簿面露忧容，忐忑不安地望了狄公一眼，问道，"大人，不知钦差大人可曾向大人提及他突然离去之原因？"

"他说，"狄公信口应道，"此案已有眉目，其余细节交由新任县令继续查处更为妥帖。"

唐主簿闻言心下宽慰许多。少停又问道："不知钦差大人身体安康否？"

"他已离京赴南方任职去了。"狄公起身离座道，"如今本县要往那卧房书斋走一遭。你与洪亮在此商议一下明日早堂需要办理何事。"说罢，便自桌上拿起一支烛台，走出房去。

汪县令故宅位于衙署客厅后面花园内。因雨后初霁，且已是傍晚时分，园内花坛、树丛间好似有一层薄雾缭绕，显得格外幽静神秘。狄公步入园内，只见宅门半开，便推门入内。

早在京城时，狄公便从案卷所附汪县令宅邸平面图上得知，汪县令卧房书斋位于宅内走廊之尽头，所以未费多大工夫，狄公便找到了那条走廊。穿过走廊，狄公发现旁侧有两条狭窄通道，但因烛光暗弱，无法看清两条通道通往何方。狄公举烛正待仔细探视，却忽然收住脚步。只见烛光映照处，一个瘦小男子正从一条通道内径直走出，因走得急，几乎与狄公迎面相撞。

此人一时不知所措，木然呆立，两眼茫然直视狄公。狄公见此人左颊之上有一块铜钱般大小的胎记，又见他未戴帽子，头发灰白，头顶束个松散的发髻。模模糊糊中，又见他身穿一件灰色便袍，腰系一条黑色汗巾。狄公忽遇此人，也觉十分突兀，着实吃惊不小。

两人皆呆立片刻，狄公开口问是何人，那人也不答话，却忽地无声无息转身快步向黑暗通道内退去。狄公迅即举烛照去，意欲看那人去往何处，不想手势过猛，晃灭了烛火，周围顿时一片漆黑。

"嘿，你是何人？快与我出来！"狄公叫道。黑暗中只听得狄公自己的声音。狄公等候片刻，不见动静，整座屋宇似空荡无人，寂静得出奇。

"此人实在可恶，焉敢如此无礼！"狄公气愤至极，自言自语道。黑暗中，狄公以手抚墙，沿走廊缓缓退至花园，然后迅速走回书斋。

此时，唐主簿正拿着一大册案卷与洪参军在书斋内翻阅，忽见狄公怒气冲冲自外闯入，不知何故。

"本县必要彻查一番，将此事弄个水落石出！"狄公对唐主簿怒道，"衙门官员、差役不得不着衙服而于衙内肆意行走，即便在夜间或退堂之后亦不许可！方才本县撞见一个只穿便服之人，此人居然连帽子也未戴便在后园内闲荡！本县质问此人，不想此人竟十分无礼，不予理睬，径直离去。现你速去将此人召来，我非好好教训此人不可！"

见狄公如此震怒，唐主簿早已浑身战栗不止。只见他惊恐万状，双目呆滞，不知所措。狄公见他如此光景，想来是由于自己言语有些唐突，自己也实不该责备于他，毕竟唐主簿亦是尽了责的。于是狄公语气和缓道："当然，此类差错时有发生。然此人究竟是何人？或许是更夫？"

唐主簿惊恐地向狄公身后敞开的房门扫视一眼，结结巴巴道："那人是否……是否身穿灰色长袍？"

"是又怎样？"狄公道。

"那人左颊之上有无一块胎记？"

"有又如何？"狄公不耐烦道，"速速说来，那人究竟是何人？"

狄公催问唐主簿，那花园中人究竟是何人，只见唐主簿战战兢兢、哆哆嗦嗦道："那人便是已故的汪大人汪德华。"

唐主簿话音刚落，忽听得院内啪的一声响，似有一扇门户被人重重关上，声震四厢。

狄公勃然大怒道："何处声响？"

"禀告大人，想是后园房宅内前门的声响，"唐主簿支支吾吾道，"那门关不严实。"

"明日差人速速将它修好！"狄公大声命令道。狄公站在书房中央，双眉紧锁，沉默不语。少停，他缓缓以手抚须，回想方才后花园内那人惊奇茫然的眼神与那人悄无声息、迅速退去的情景。

许久，狄公走回桌旁坐下。洪亮兀自双目圆睁、惊恐木讷地望着狄公。

狄公竭力克制住自己的情绪，仔细端详唐主簿那吓得灰白的脸庞，良久方开口问道："如此说来，你亦曾遇见过那'幽灵'？"

唐主簿点点头。

"回禀大人，三日前。"唐主簿道，"就在此斋中。那日夜半时分，在下来此斋中取一册急用卷宗，就见他站在此处，靠在桌边，背对着在下。"

"此后如何？"狄公追问道。

"当时在下吓得直叫，手中蜡烛亦抖落在地。在下奔出房外，喊来卫卒。但当我等回到房中之时，汪大人已是无影无踪。"唐主簿以手遮面，又道，"汪大人看去就如那日我等在卧房书斋中所见那样，身穿灰色便袍，腰系黑色汗巾，头上也未戴帽，和那日倒毙于地、帽子滚落在一边时一般模样。"

狄公与洪参军默默无语。

唐主簿继续道："大人，在下想那钦差大人必也是遇见了汪大人的阴魂，所以离去那日早上才那般心神不安，才会出人意料地突然离去。"

狄公神情肃穆，凝神思索许久方才言道："若说此世间无鬼神，或许过于武断。我不敢断言世上绝无鬼神。此事古代圣贤亦不曾言明。先圣孔子每逢弟子向其请教此类问题时，便从不明说。然即便有鬼神，我依然觉得此事颇为蹊跷，仍欲仔细调查一番，看究竟是何道理。"

洪亮疑虑重重，频频摇头。

"大人，此案难断！"洪亮道，"在下以为汪县令阴魂不散，定是因为冤仇未报的缘故。如今汪县令遗体尚停放于佛寺之中，听人说尸体若未全腐烂，便常有诈尸还魂之类的事发生。"

狄公猛然推座起身，断然道："此事必须查清！此刻我便再往后园走一遭，将那书斋仔细察看一番。"听得狄公如此说，洪亮大吃一惊，急忙叫道："大人，去不得，千万不可再去见那鬼魂！"

"为何不可见那鬼魂？"狄公反问道，"方才你不是说那死者阴魂不散是因其冤仇未报吗？他必然知晓我要为其雪冤。既然我与他目的一致，他又为何要伤害于我？洪亮，你将此处事务处理完毕之后，便来后园书斋与我相会。若你放心不下，可命两名衙役携灯火跟随而来。"说罢，便不顾二人阻拦，毅然走出书斋。

此番，狄公未径直去那宅院，而是先去衙门前厅取了一只油纸灯笼，然后打着灯笼向客厅后汪县令故宅走去。

一入空宅，狄公便先来到走廊边那条曾撞见鬼魂的狭小通道。走入通道，只见两边各有一扇门。推开右边一扇门，眼前出现一间宽敞房间，地上杂乱地堆放着许多大小包袱与箱笼。狄公将灯笼放在地上，先以手触摸那些包袱，又察看那些箱笼。正察看间，忽觉墙角有一黑影晃动，不觉大吃一惊。定睛一看，原来是自己的影子在作怪。房间内除了死者生前所用杂物外，别无他物。

狄公摇了摇头，又来到通道左侧门内，只见其中也有一间房，房中只有一些用草席包裹着的大件家具。通道尽头乃是一扇厚重大门，大门上着铁锁。狄公见状，无奈之下，沉思着回到走廊。

走廊尽头便是汪县令卧房书斋，书斋门上精工细雕着许多云龙纹饰，但门的上半部却钉着几块板条，想必是当初衙役破门后补钉上的。

狄公将门上所贴衙门封条撕去，推开门，高举灯笼向内仔细察看，但见一间四四方方的小小居室，内中陈设简朴而高雅。左手墙上有一扇高而窄的格窗，格窗下摆着一个名贵的乌木茶具柜，边上靠着一只紫铜大茶炉，茶炉上则搁着一把用以煮茶的圆形铜壶。茶炉边的茶具柜上放着一把小巧玲珑的青花瓷茶壶。左边靠墙还摆着一排书架，对面的右手墙边也摆着一排书架。房门对面墙上有一扇低且宽大的窗户，纸窗格被擦拭得干干净净。窗前摆放一张紫檀木雕花书案，书案两侧各有三只抽屉，案前则放着一张宽大舒适的太师椅，亦是紫檀木精制而成，其上铺陈着红绸面坐垫。书案上仅摆着两支铜烛台，别无他物。

狄公提灯入室，仔细查看，见茶具柜与书案之间的簟席上有一块深色污渍。狄公俯身端详再三，心想可能是汪县令倒地时杯中茶水倒翻使然。狄公设想当时情景：汪县令先将铜壶放于茶炉之上，然后坐于书案前。待壶中水沸，便起身走到茶炉旁，提起铜壶，将热水注入放有茶叶的瓷茶壶中。稍后，再将瓷茶壶内的茶水注入茶杯，端起茶杯品尝。继而茶水中的毒性发作，汪县令便疼痛倒地。

狄公继续察看，他见茶具柜门上挂着一个精致小锁，锁孔中插着一把小巧的钥匙，遂弯身开锁将柜门打开，但见柜中分为两

狄公书斋查案（高罗佩　绘）

层，整齐地摆放着许多精美绝伦的茶具，每件茶具均擦拭得一尘不染。狄公心想，茶具如此洁净，且那钦差必也曾验看过，故已无必要再仔细验看。

于是狄公又走近书案处察看。书案抽屉原是汪县令收藏私人书函之处。狄公将抽屉拉开，见其中已空无一物，知其中书函必已为钦差取走，不禁重重叹息一声，为自己未能先行到此而深感遗憾。

狄公无奈，又转向书架，伸手去那书册之上随意触摸了一下，指尖顿时便沾上一层厚厚的灰尘。狄公见状，心头一动，不禁喜上眉梢，料想此处必是未被查过，钦差与其助手显然均忽略了这些书册。狄公举目环顾书架之上整齐排放的书册，决定待洪亮到来后便仔细翻检一遍，看有何线索可寻。

狄公将书案前座椅转个个，使之面向房门，然后坐在椅中，将双手抄于袖内，凝神思索那谋杀者的模样。谋杀朝廷命官属谋反大罪，按律当处以凌迟或腰斩之类的极刑，故谋杀者必是万不得已才择此下策，否则绝不致甘冒死罪而以身试法。然此人又是如何投毒的呢？或许他是将毒投在铜壶中，因那茶叶罐内的茶叶已被验知并未有毒。除此之外，另有一个可能，那便是此人曾赠与汪县令一小撮仅够品尝一次的茶叶，他在此一小撮茶叶内掺进了毒。

狄公叹息不已，深为无从查找破案线索而苦恼。此刻他又想起在花园通道内与那鬼魂相遇时的情景。那是他平生第一回亲眼看见鬼魂，而他仍然不敢相信那是真的。或许那不过是一场骗局。然而钦差与唐主簿亦曾见过那鬼魂，况且又有何人敢冒险在官府衙门内装神弄鬼？此又有何必要？狄公思前想后，也觉只有汪县令诈尸还魂一说有理。狄公斜倚在椅内，闭目凝神，竭力回想那鬼魂长相，心想或许死者阴魂未散，能来此助己破解谜底也说不定。

未几，狄公倏地睁开双眼，但见房内依然如故，并无任何变化。狄公无奈，仰面看着那红漆屋顶，见屋顶上交叉着四根粗大房梁。狄公留意到屋顶上有处污斑，一处角落里挂着些肮脏的蜘蛛网，那下面便摆放着茶具柜。狄公心想，死者生前必是个不拘小节之人，不似其手下主簿那般谨小慎微。

狄公正观察间，洪亮走了进来，身后跟随的两名衙役手里拿着两支大烛台。狄公命衙役将烛台摆放在书案上，便打发二人离去。

狄公转身对洪亮道：“现我二人在此只有一事可做，便是将此屋内书架上所有书籍、簿册彻查一遍，看有何线索可寻。你将书册分批传递与我，待我翻检过后，你再将其放归原处，如此可省却许多工夫。”

洪亮点头应允，就近从书架上捧下一摞书册，拂去其上灰尘，递与狄公。狄公将座椅转向书案开始翻检书册。

约莫过了一个时辰，狄公方才将书册翻检完毕。待洪亮将最后一摞书册放归书架后，狄公仰靠在椅背上，从袖中取出一柄折扇，打开折扇，兴奋地摇动扇子，满意地微笑道：“洪亮，如今我已对汪县令之为人有所了解。方才我浏览了汪县令亲笔所写的几卷诗，皆属外形雕琢精巧内涵浅薄之作，且多是赠与京城或其曾任职地之名妓的言情之作。”

"大人，如此看来，唐主簿有意做了掩饰。"洪亮道，"那汪县令倒像是个行为不端的轻薄之人。或许他还曾邀请妓女到他房中，并留她们过夜。"

狄公点头称是。

"方才你递与我的那本装帧精美的绸面折子内尽是些春宫图画。此外，他尚收藏有不少讲述各地饮食烹调技艺之书籍，可见汪县令此人品行不甚端严。不过他亦是个喜好读书之人，方才我见其藏书中有许多古代诗人的佳作，这些书卷皆已破损，说明常被翻阅，其中几乎每页皆有其亲笔评注。汪县令还收藏有佛教与道教书册，其中亦有不少眉批，说明其喜好阅读此类书籍。然而他所收藏的儒家经典却如新买来时一般，显然极少翻阅！而且我还注意到其藏书中有不少方术书卷，大多为讲述延年益寿之方与炼丹术之类的书籍。除此之外，尚有些稀奇古怪、讲述谜语与机械装置之书，却明显未见有史书、法典、治国方策与算学类之书册。"

狄公将座椅转向洪亮，继续言道："我推断汪县令不仅是个喜爱附庸风雅的骚人墨客，且是深好玄学之人，同时亦是好色之徒。此人胸无大志，做个县令即已心满意足，故其宁愿在这远离京城之地为官。此处天高皇帝远，自由自在，可以为所欲为。我以为，此便是其不愿升迁之缘故，须知其在任蓬莱县令之前已连任过八县县令！然汪县令又是个相当聪颖、工于心计之人，故而喜好看些猜谜与机械装置之类耗费心思之书。而正因为如此，加之有多年断案经验，虽不甚尽心，在此当个县令却也得心应手，轻易便博得乡民拥戴。此外，汪县令是个不重亲情与家庭之人，故在其两位夫人相继辞世之后便未再娶，只是朝夕与那歌女名妓往来私通。汪县令人品如何，其实只需望一眼其自题的书斋名便可一目了然。"

狄公边说边以扇遥指门楣处悬挂的横匾，朗声读道："浪子隐庐。"洪亮看了，心中但觉无趣，并不觉有何闲适飘逸之情调。

"不过，"狄公又道，"我倒是发现一件与其浪荡品行颇不相合之物。"狄公拍拍手中一本狭长簿子，问道，"洪亮，此簿原来放在何处？"

"方才我搬书时，见它落在那书架最低一层的书后。"洪亮边说边指着书架。

"此簿乃汪县令记事所用，"狄公道，"其中汪县令亲笔记下许多日期与数字，并夹有数张计算草稿，只是并无一字批注。然汪县令此人又似乎对数字毫无兴趣。依汪县令这等浪子品行，绝不肯亲自做那理财算账之事，这等日常琐事定会交由唐主簿及手下书吏办理，你说是也不是？"

洪亮频频点头称是。

"方才唐主簿也是这般与我说来。"洪亮答道。

狄公将那簿子一页页展开，缓缓摇头，沉思道："此人竟然在这等事上如此用心，你看，此处极细小差错亦被小心校正。然不知这些数字究竟是何含义，但凭这日期可以推知，簿中所记皆是近期所为，其中最早记录之日期是在两个月前。"

狄公边说边站起身，将记事簿藏于袖中。

"无论如何，此簿必有讲究。"狄公又道，"闲时，我会再将其认真查阅，细细琢磨，看是否与谋杀之事有关。反常之物须给予特别关注才是。如今我等已对死者之为人有所了解，依法理所言，可以认为我等断案今已有进展！"

五
▼

却说这日马荣、乔泰操练士卒完毕，便从衙门内出来，要去街头走动。两人边走边说，马荣道："如今我只想着一件事，便是赶紧填饱肚皮。这帮懒鬼弄得老子肚里咕噜咕噜直叫。"

"我也是喊得口干舌燥，真想喝点什么！"乔泰道。

二人说着便走进衙门外西南角一家小酒店中。此店虽小，却有个耐人寻味的名儿，叫作"九华园"。马荣、乔泰刚一跨入店门，便听得一片吵嚷喧闹之声，只见里面许多人正跑前奔后，十分忙碌。二人也不言语，自在里面柜台附近寻了个地方坐下，见柜台后有个独臂汉子正站在一口大锅前煮面条。

马荣、乔泰环视屋内，见屋内都是烧火做饭、跑堂打杂的伙计，并无一个外来食客。原来此刻尚未到晚饭开店接客的时辰，店里伙计正先赶着吃饭。马荣、乔泰见他们各自捧着面条吃着，又互相传喝着一海碗米酒。

此时一个跑堂小厮手上端个托盘，里面放着几碗面条，正从二人身边走过，恰好为乔泰看见，他便顺手一把将这小厮袖口拽住道："给我二人来四碗面条，再来两碗酒。"

"急什么！"那小厮挣开袖口，没好气地叫道，"没见还没开馆吗？"

乔泰见状不禁大怒，张口便骂。柜台后那独臂汉子抬头望见，忙将手中长勺放下，满脸堆笑地来到乔泰面前。

"骂得好！"汉子脸绽笑容道，"是什么风把老爷您给吹来了？"

"别叫我老爷。"乔泰粗声道，"我刚来此地，只在这衙门里当差，不是什么老爷。能给弄点吃的来吗？"

"公爷稍候。"独臂汉子道。他跑进厨房，旋即又跑了出来，身后跟着个胖妇人，手里捧着个托盘，托盘内放两碗酒、一盘热气腾腾的鱼与两三碟下酒小菜。

"这还差不多！"乔泰满意地说道，"看你像个老兵，坐下聊聊，叫你老婆替你掌勺。"

独臂店主从桌下拖出个凳子坐下，叫那胖妇人去柜台后掌勺煮面。马荣、乔泰也不客气，只顾端起碗来喝酒，拿起筷子吃菜。

店主坐在一旁，告诉二人自己是本乡本土人氏，曾从军征讨高丽，后因伤退役，回到家乡，用积攒的钱买下这间小店，赚钱谋生，日子过得还算顺当。说完自己的身世，店主问道："二位壮士为何要在这衙门里当差？"

乔泰答道："与你煮面一样，只为挣口饭吃。"

独臂店主向左右张望了一下，然后轻声道："那衙门内近日里正闹鬼呢！二位壮士难道不曾听说，十几日前县令大人被人掐死，尸首也被人剁碎了的事吗？"

"我还道是被毒死的呢！"马荣一边喝酒一边道。

"听他们胡诌！"店主道，"从那县令尸首上还刮下一桶肉酱呢！信我话，那衙门里没一个好货。"

"新来的县令可是个好官。"乔泰道。

"我不曾见过他，但也难说。"店主不以为然道，"可那姓唐的与姓樊的可不是什么好人。"

"那姓唐的有何不好？"乔泰有些吃惊地问道，"我看那老头胆小怕事，手无缚鸡之力，只怕连个苍蝇也不会伤害。"

"休要信他！"店主悄声道，"那老家伙可不一般，他才鬼着呢！"

"他有何事？"马荣问道。

"不瞒二位说，这地方的怪事可比你们看到的多得多。"独臂店主道，"我是本地人，怎会不知！自古以来这儿就好出怪事。早先我那老父便常给我讲些古怪事儿……"

店主越说声音越怪，且摇头叹息不止，像是很神秘的样子。乔泰将桌上的一碗剩酒推给他，那店主端起酒来一饮而尽。

马荣听他说此处怪事甚多，便想起失踪的樊录事，就问那店主道："从前的事，日后我们自会知晓，我不信那皆是真的。不过，方才你说那姓樊的，我倒是颇为那家伙担忧，如今衙门里都说那家伙失踪了，不知何故？"

"我倒望他是真的失踪！"独臂店主情绪激动地说道，"那恶棍到处敲诈勒索，比衙门里那县太爷还要贪心。不但贪心，还是个好色之徒，仗着他长得风流，专爱淫垢人家妻女，天晓得造了多少孽！那恶棍还与那姓唐的暗地里勾结，贪赃枉法，他若有事，姓唐的那老家伙便总是想方设法为他开脱。"

"休再气恼，"此时乔泰插话道，"姓樊的好日子不会再有了。我兄弟二人今官职在他之上，今后那家伙须听我二人管教，我们定不许他再胡作非为。我听说那家伙在这城外西郊有处小田庄？"

"那是他去年从一个远房亲戚那儿继承来的。"店主道，"那地方不怎么样，是个偏僻去处，挨着个破庙。他若在那里失踪，他们定能寻到他。"

"你将话说得明白点！"马荣不耐烦地叫道，"你方才说的'他们'是何人？"

这时独臂店主正回头招呼跑堂小厮端面。那小厮答应一声，飞快地将两大碗面条端来放在桌上。店主邀马荣、乔泰二人吃面，又徐徐言道："那樊录事田庄的西边有条土路与大道相接，此处有座古庙，如今早已破废。九年前那儿还住着四个和尚，都是白云寺派驻的。一日清晨，有人发现那四个和尚都已死去，咽喉皆被人用刀割断！往后白云寺也没再派别的和尚顶替，那庙便一直空着。可那四个和尚的冤魂还时常在那一带出没。当地农户夜里常见有鬼火闪烁其间，谁都不愿走近那地方。就在几日前，我一个表兄夜里路过那座破庙，月光下便见一个无头和尚在那里游荡，并且清楚看见那无头和尚腋下夹着个人头。"

"我的老天！"乔泰叫道，"且别说得这般吓人！若是那鬼魂此刻便来到碗边，叫我们如何吃得下面？"

马荣闻言，禁不住大笑起来。二人不再言语，埋头吃面，不多时便将各人碗里的面条吃了个干净。乔泰起身，伸手去袖中摸钱。独臂店主见状，忙伸手按住乔泰的手臂道："公爷，休要如此！小人怎敢叫大人破费？这小店便如大人自家开的一般，今后还要仗大人帮衬，怎能便要大人付账？如此折煞小人也！"

乔泰拗不过，只得道："也罢，多谢店家如此款待我弟兄二人。不过，下回再来，一定付账。"

独臂店主将马荣、乔泰二人送至酒店门口，又热情寒暄了一番，才分手道别。

二人来到店外，乔泰对马荣道："兄弟，我二人如今也吃饱喝足了，正可乘兴干点公事。此刻便去城里走走如何？"

马荣闻说，抬头望望迷蒙的雾色，挠挠头皮道："兄弟，这去城里可都得靠两条腿走了！"

二人说着便沿大街往那有灯的热闹处行去。此时虽已是暮色苍茫，一路上却仍见有许多行人往来。马荣、乔泰边走边随意浏览着两边店铺中的本地物产，这里那里打听些物价，慢慢向前行去。不知不觉来到关帝庙前，遂各买了一束香步入庙内。二人于关帝像前焚香礼拜，祈求关帝爷保佑死难将士的亡灵。

出了庙，二人又向城南行去。途中，马荣忽问道："兄弟，我有一事不明。为何我们总要去攻打那些番邦？为何不让那些胡人、蛮子自生自灭？"

"兄弟，这你就不明白了，"乔泰在一旁答道，"我们那是去救助。那些蛮子未曾开化，需教化他们懂得人伦习俗。"

"不过，"马荣又道，"那些土人也知道些事情。你可知他们为何不在乎他们的姑娘结婚前可能不是处女吗？兄弟，告诉你吧，那是因为他们的姑娘从小便常骑马颠簸，长大后就无法查验是否是处女，所以也就有了这等不成文的习俗！当然，可不能让我们的姑娘知道这些！"

"别再胡说了！"乔泰不耐烦地叫道，"如今我二人都不知走哪里去了！"二人停下脚步，环顾左右，发觉四周尽是民房，两人正站立在一条条石铺就的平坦道路中央。道路两旁朦朦胧胧，但见俱是大户人家的高墙深院。因雾气弥漫，又无人走动，这一带显得十分幽静。

"那前边是否有座桥？"马荣手指前方道，"那桥下必是城南河道。我俩若是顺这河道向东行走，早晚便可回到方才那热闹街市去。"

当下二人便过了桥，沿着河岸向东行去。

正当行走间，马荣忽地将手挡在乔泰手臂前，悄悄指指河对岸。

乔泰顺其所指透过雾色向前望去，朦胧间似有一伙人正抬着个轿子在对岸河边走动。借着晦暗的月光仔细看去，只见一个不戴帽的光头男子端坐在轿中，两腿交叠，双手合十贴在胸前，身上好似缠着白布。

"那是何人？如何这般模样？"乔泰惊异道。

"天知道是何人！"马荣道，"瞧，那帮人停下不走了。啊呀，兄弟你瞧！"

此时正巧一阵风吹过，将眼前雾气吹散开来，刹那间，只见对岸那伙人将轿子放下，轿后的两个汉子忽地抽出轿下两根抬杠，举起来便直向那光头男子的头上与肩上打去。此时一阵雾气飘过，又遮挡住马荣、乔泰二人视线，二人只听得对岸河边传来像是有重物落水的声音。

马荣禁不住张口咒骂了两句。忽然间他像是听到了什么，赶紧悄声对乔泰道："往桥那边去了！"

当下二人急忙折转身，沿河道往回跑去。但因雾气太重，道路又滑，行走不便，待跑至桥边已费了许多周折。二人迅速跑过桥去，又小心沿着河边寻觅，却已不见那伙人的踪影。二人无奈，只得沿着河边来回巡查，希望能发现些可疑踪迹。转了几圈，马荣忽然弯下腰，以手触地道："此处地面上有好些足印，必是方才杀人灭尸处。"

此时雾气上升，可以看见地上一汪泥水，泥水中印着许多足迹。马荣脱去衣裤靴袜，将之交与乔泰看管，自己蹚入齐腰深的河水中摸索。

"这水如何这般恶臭！"马荣苦着脸叫道，"此处不见有何尸首。"

他又向前摸索一阵，脚下只踩着些泥块，却并未寻到什么可疑之物，遂只得作罢，又蹚回岸边。

"屁也不曾见到一个！"马荣走到岸边，抱怨道，"我俩定是找错了地方。此处只有些泥块，且有些烂纸，又臭又脏，好不叫人恶心！兄弟，拉我一把。"

乔泰伸手将马荣拽上岸，此时天空又淅淅沥沥地下起雨来。

"今日这事叫人好生不快！"乔泰愤愤地说道。他见身后一片高墙，仔细看去，乃是一座偌大宅子的后墙，墙边有一小门，门上挂着个灯笼，于是便抱着马荣的衣裤去那门檐下避雨。马荣则仍立身雨中，任凭雨水冲刷，待身上泥水冲净，才跑去宅子门檐下，借着灯笼的光拿汗巾将身子擦干，穿上衣裤靴袜。

不一会儿，雨过天晴，二人便又向东沿着河边走去。雨后雾气渐散，二人望见左手边俱是富家大宅的后院高墙。

"兄弟，今日你我二人未做成一件公事。"乔泰懊恼地说道，"若是那做公差的老手来，想必不会叫那些歹人给跑了。"

"便是那做公差的老手来，也飞不过河去！"马荣不服气地说道，"只不知那轿里究竟是何人。我看此事不简单，比那九华园店主吹得还邪乎。如今也不知该去何处寻他。罢了，还是去找个店家喝几盅去。"

二人行不多远，夜色中见前方模模糊糊悬着个彩色灯笼，走近看时，原来是家大酒楼的边门。二人转至前面正门边，见门楣上几个大字"清风酒楼"，便径直向里面走去。一进门，便见里面厅堂富丽堂皇，好不气派。一个小厮立在门内，见马荣、乔泰两个懵懂闯入，衣衫皆湿，冠服不整，脸上顿时便现出轻蔑之态。二人横了他一眼，也不搭话，便向楼上走去。上得楼来，面前一座雕花双扇门，顺手将它推开，只见里边偌大一个餐厅，嘈杂喧闹声不绝于耳。

话说马荣、乔泰来到清风酒楼内，上得楼来，推开餐厅两扇门，走入一看，但见里面皆是穿绸戴金、阔绰富态之人，围聚在几张玉石台面圆桌边叫吃叫喝，桌面上摆满珍馐肴馔、美酒琼浆。马荣、乔泰不免自惭形秽，情知此处不是自家受用得起的。

当时马荣便对乔泰咕哝道："我俩还是去别处看看为好。"说罢转身便要离去。

二人正待出门，忽闻一人叫道："二位，何不来此与我一同饮酒？我一人独饮实在乏味。"马荣、乔泰转身，见一瘦弱男子正独自一人坐在门口桌边自斟自酌。

此人面相古怪，两颊浮松，鼻子硕大，鼻尖通红，一对弯弯的弓眉下，两只醉眼半开半闭地斜睨着马荣、乔泰。马荣、乔泰见他身着质地考究的蓝缎圆领长衫，头戴一顶乌绒高冠，然领口上却沾着几块油渍，高冠下拖出几绺乱发——显然是个手头阔绰却又不修边幅的浪荡之人。

"兄弟，既是这人请我二人饮酒，何不陪他一阵？"乔泰道，"楼下那厮分明是个势利小人，若即下楼，那厮定当我二人是被赶出来的！"

二人遂在那人对面坐下。那人即刻便招呼酒保过来为马荣、乔泰二人斟酒。

"相公不知做何营生？"马荣待酒保走后，开口问道。

"本人名叫薄凯，今在本地船东易鹏手下做个管事。"那人答道，随后举杯将杯中剩余之酒饮尽，又道，"本人不才，却会赋诗，在本地尚小有名气。"

"相公请我二人饮酒，日后若有难事，只需找我二人相帮便是。"马荣豪爽地说道。薄凯再次举杯，仰头将杯中剩酒缓缓倒入口中。乔泰见状，亦仿效其模样饮酒。薄凯见之大喜，倾身观看乔泰饮酒之状。

"干了？"薄凯见乔泰将酒一饮而尽，赞许道，"到此饮酒之人多似我一般慢慢品尝，似你这般饮酒倒是十分痛快。"

"我二人本来海量，这点酒算得了什么？"马荣也将杯中之酒一饮而尽，长长地"哎"了一声，抹抹嘴道。

薄凯伸手取过酒壶，又将自己酒杯斟满，对二人道："说个好听的故事与我听来！你二人每日风餐露宿，必定见多识广。"

"你说我二人风餐露宿？"马荣听薄凯如此道来，不禁大怒，嚷道，"休要胡说！看仔细了，我二人可是衙门里的公差！"

薄凯闻言吃了一惊，两道弯眉抬得老高，眼睛张得老大。随即回头大声招呼酒保道："再取壶酒来，要最大壶的！"然后回身对马荣、乔泰道，"如此说来，你二人是今日与新任县令同来的官员了？不过看你二人并无那等小家子气公差的傲气，想必是那新县令才招募来的。"

"你可认得那前任县令？"乔泰问道，"听说此人也是个会赋诗的诗人。"

"我不认得那前任县令，"薄凯答道，"我来此地并无多少时日。"此时只见他忽地放下手中酒杯，喜不自禁地叫道，"哈，有了，有了，这最末一句诗我总算想出来了！"

马荣、乔泰见状甚为惊讶。

薄凯乃一本正经地对二人道："方才我正琢磨一首咏月佳诗，已推敲多时，只剩最后一句不曾想出，如今终于想出来了！不知二位有兴听我诵读否？"

"不！不！"马荣慌忙摆手。

"然则二位是否愿意听我吟唱此诗？"薄凯兴致勃勃问道，"本人嗓音颇佳，若肯允我一展歌喉，必令四座皆惊。二位可有兴听之？"

"不！"马荣与乔泰异口同声道。见屋内其他食客皆面露惋惜之色，乔泰又道："我等只是不好诗赋，实在不懂其中奥妙。"

"真是遗憾之至！"薄凯颇觉扫兴地说道，"不知二位信佛否？看你二位如此模样，不似信佛之人。"

"这家伙怎的这等啰唆？"马荣疑惑地问乔泰道。

乔泰淡淡一笑，不以为然道："这家伙喝醉了。"转身又对薄凯道，"莫非你是个信佛之人？"

"本人是个虔诚的佛教徒！"薄凯一本正经答道，"本人常去白云寺焚香拜佛。那寺中住持是个得道高僧，有如活菩萨一般，远近闻名。监院慧鹏亦口才出众，讲道精彩绝伦，听者如云。前不久……"

"听我说，"乔泰早已听得不耐烦，打断道，"我们再找个地方饮几杯如何？"

薄凯正说得起劲，被乔泰将话岔开，心中好生不快。他斜了乔泰一眼，见他二人均不懂诗理禅机，只得作罢，起身叹气道："既是二位不愿于此饮酒，那便寻个有女子的去处说话便是。"

"哈，如此甚好！"马荣兴奋地说道，"只不知你可认得那门路？"

"老马怎会不识途？"薄凯反唇讥道，话语中颇有轻蔑之意。他从袖中摸出几钱碎银付与酒保，然后便带马荣、乔泰下楼离去。

出了清风酒楼，三人见街上依旧是大雾迷天，夜色朦胧。薄凯将马荣、乔泰引至酒楼后河岸边，口中打个响哨，不多时便见迷雾中划出一叶篷舟，舟前挑一盏灯笼，直抵岸边。

薄凯跨入舟中吩咐艄公道："送我三人去城外大船。"

马荣闻言，心中好生不解，叫道："嘿！你方才不是说好去寻几个女子说话吗？怎的又要往什么大船上去？"

"一样去处，一样去处！"薄凯笑道，"去了便知。"又对艄公道，"速速开船，此二位大人已心急如焚。"

薄凯蹲于舟篷之中，马荣与乔泰则蹲在薄凯身边。小舟穿过迷雾向前飞速行驶，一路上只听得艄公挥桨击水的声音。

行不多久，艄公停桨，随那舟自行向前，行不多远，小舟便停下不再前进。

马荣心中起疑，将一只手搭在薄凯肩头道："若敢欺瞒我兄弟俩，看我不拧断你这厮脖子！"

"休要胡说！你将我看成何等样人？"薄凯怒道。

正说话间，只听得一阵噼啪声响，像是木栅开启之声，随后艄公便又驾舟前行。

"我等已自东水门下出城。"薄凯道，"这水门栅栏有几处已散架，小舟从此出城并无士卒拦查，甚为便利。不过，二位切不可将此告知你家老爷！"

又行了一程，马荣、乔泰便见前面有一排大船泊于水边。薄凯命那艄公道："靠上那第二艘大船。"

艄公遵命，将小舟停靠在第二艘大船边。薄凯给了那艄公几个铜钱，便爬上大船，马荣与乔泰也紧随其后爬上船去。

上得船来，只见船面上凌乱地摆放着几张桌椅，桌面上摆着些残肴剩酒。薄凯引马荣、乔泰来到一处舱室门口敲门。门开处，见一肥胖妇人探身出来。这妇人穿着一身黑绸裙，咧嘴一笑，露出一口黑黄蒜瓣牙，一看便知是个老鸨。

"哎呀，薄公子，是什么风又把你吹来了？"那胖老鸨道，"快快请进。"

三人随那妇人进门，沿一又陡又窄的木梯下至舱内，但见里面是一个房间，梁上悬着两盏昏昏暗暗的油灯，中间一张大桌占去大半个房间。

三人在桌边坐下。老鸨拍拍手，即刻走来一个粗矮敦实、满脸横肉的王八，手中端着个茶盘，茶盘里放着酒壶、酒杯。

那王八上来为三人斟了酒，侍立一旁。

薄凯问老鸨道："如何不见我那同行好友金桑？"

"金公子尚未来到，"老鸨答道，"不必管他，老身自会照顾公子，保你心满意足便是！"

老鸨丢个眼色给那王八，王八会意，转身将一扇后门打开，召唤一声，便见扭扭捏捏走出四个妖冶姑娘，身上各只穿薄薄一层纱裙。薄凯见了兴奋得手舞足蹈，高声招呼那四个女子近前。

薄凯自拽过两个姑娘，一边一个坐于身边，然后转身对马荣、乔泰道："这两个我包了，你二人如何想，我可不在乎！"又对那王八道，"看着，休叫我这酒杯空了。"

马荣也叫过一个胖墩墩的圆脸姑娘坐于身边。乔泰则试着与后面那个姑娘搭话。乔泰自觉这女子相貌十分姣好，只是看去面色忧郁，不苟言笑，问一句答一句的，像是满腹心事的样子。乔泰与之搭讪，渐渐知这姑娘名叫玉姝，是个高丽女子，但说得一口流利汉语。

乔泰揽着玉姝姑娘的腰讨好道："高丽可是个好地方，山川秀美。前次两国交兵之时，我也曾去过那里。"

玉姝闻言顿时怒容满面，猛地将乔泰推在一边，柳眉倒竖，冷眼瞪视乔泰。

乔泰自知失言，后悔莫及，连忙又道："你们的将士作战英勇，他们都尽了全力，只因我军人多势众，方才落败。"

玉姝姑娘扭头不予理睬。

老鸨见状大骂道："你这骚妮子，好没道理，怎敢如此怠慢这位客官？还不快与客官赔礼？"

"用不着你来多嘴，"玉姝道，"人家客官尚且不恼，用得着你来多管闲事？"

老鸨闻言大怒，伸手便往玉姝脸上狠狠一刮，咬牙切齿道："今日老娘定要好好教训教训你这没廉耻的小骚货！敢与老娘顶嘴，反了天了！"说着又要动手打那玉姝。

乔泰猛地将老鸨推开，大喝道："别碰这姑娘！"

此时薄凯忽地叫道："诸位，去船上走走如何？我想此时月亮必已出来，正是赏月之时。我那好友金桑亦快来了。"

"我不上去，就待在此处。"玉姝执拗地对乔泰道。

乔泰想这高丽姑娘怒气未消，便道："你愿如何便如何。"说罢便随众人登上甲板。

上了甲板，众人举目望去，果见一轮圆月自薄雾中透出，朦朦胧胧，煞是可爱。借着月光可以看见这边并排停泊着几艘大船，夜色中亦可见对面河岸那模模糊糊的影子。

马荣找个矮凳坐下，拉过胖姑娘，坐于腿上。薄凯却将身边两个女子推与乔泰。

"好生照看二位姑娘，"薄凯道，"此刻月光皎洁，正是吟诗之时。"

只见他向前几步，立于船舷边，两手背于身后，仰头望月，煞有介事地凝神思索，继而又道："我知你二位不喜诗赋，但若不将我心中新作吟出，我心何甘？"说罢便伸直他那青筋暴突的颈项，猛然间尖声吟道：

> 月兮月兮，
> 伴我歌舞。
> 怡情悦目，
> 慰君芳心。
> 月兮月兮，
> 熠熠若银。
> ……

吟至此，薄凯停下稍事歇息。正待再吟，忽低头侧耳倾听，旋即扫视身后，愤然道："何处声响？扰我诗兴，实在可恶之至！"

"我也听见声响！"马荣亦愤然道，"天哪，哪里传来这般可怕之声？我与这姑娘谈得正欢，实在大煞风景！大煞风景！"

"此声像是自舱中传来。"薄凯道，"我猜是那高丽女子正在舱中受罚。"

薄凯话音刚落，马荣、乔泰便又听得舱中传来噼啪声响与呜呜呻吟之声。乔泰一跃而起，急向舱中奔去，马荣亦紧随其后。

下到舱中，但见那玉姝姑娘被赤身露体放倒于桌上。那满脸横肉的王八用力抓住其双手，另一人则捺住其双腿，那老鸨正挥动一根藤棍，下力击打玉姝臀部。

乔泰见状，不禁怒从心起，挥起一拳将那矮胖王八击倒在地。后边那汉子见同伴倒地，忙松开玉姝双腿，急从腰间抽出一把利刃，便要行凶。

乔泰纵身跃过桌子，一把将那老鸨推至墙边，紧紧捺住，又一把将那持刀之人的手腕捉住，用力向外一拧，只听得那厮哎哟一声便跌翻在地，手中尖刀也哐当落地。

这时玉姝已从桌上爬起，双手正拼命撕扯塞于口中的烂布。乔泰也过去帮其拉扯。

方才被乔泰拧翻的那汉子见有隙可乘，便躬身捡起尖刀，意欲再次行凶。此时正值马荣赶到，飞起一脚，踢在其肋间，那汉子翻着筋斗重重摔落在墙边，疼得龇牙咧嘴，哇哇直叫。这一边玉姝姑娘将嘴里烂布扯出，只觉心口一阵恶心，便大口大口地呕了起来。

"窝里好热闹呀！"薄凯此刻才来到舱内，站在门口楼梯之上，幸灾乐祸道。

"速去邻船喊人！"那老鸨气急败坏地向那矮胖汉子叫道。矮胖汉子呻吟着从地上挣扎爬起，欲要夺门而出。

马荣听得老鸨呼喊叫人，心中并不慌张，反倒激动起来，大叫道："将那不怕死的鸟人一个个都唤了来，看老爷我如何收拾他们！"说着随手将一根椅腿扳下，抓在手中，准备迎战。

"且慢，夫人，不可造次！"薄凯见事情闹大，忙招呼道，"休要胡来！此二位乃是衙门里的公爷。"

老鸨不听则已，一听此言，霎时脸色煞白，慌忙命手下后退，随即扑通一声双膝跪地，哀求乔泰道："大爷饶命！老身只为这姑娘不懂行规，对大爷无礼，因此待要教训一番，叫她听从大爷摆布。老身原是想办件好事，不想事情闹到这等地步，还望大爷息怒！"

"先前我曾告你休要碰这姑娘，你竟如此责打虐待她。"乔泰一边对老鸨吼道，一边将身上汗巾递与玉姝擦脸。此刻玉姝呕吐已止，站立一旁，身子兀自抖个不停。

"兄弟，送这姑娘进房歇息，好生安慰她。"马荣道，"我还要再教训教训方才持刀那厮。"

玉姝抓起地上自己的长裙，径自向后边一个门口走去。乔泰跟在其后进入一条狭窄过道。玉姝推开过道里的一扇小门，示意乔泰入内，自己跟在其后。

乔泰入内，见里面是一间小小舱室，窗下摆着一张木床，墙边放一只红皮箱笼，此外便只有一个小小妆台与一把摇摇晃晃的竹凳。

乔泰坐在那箱笼之上，等候玉姝。

玉姝缓缓进屋，随手将手中长裙掷在床上。乔泰尴尬言道："今日之事乃是我的不是，还望姑娘多多包涵。"

"官人不必挂心。"玉姝说道，心中并不在意，也不穿衣，便爬上床，从窗台上取下一个小巧圆盒。

乔泰见玉姝体态十分窈窕，但又觉不雅，便低声道："姑娘，还是将衣裳穿上，以免着凉。"

"这屋里太热。"玉姝嗔道。她打开圆盒，将其中油膏搽抹于红肿的臀部，忽道："看，皮肤未破，官人正可及时行乐。"

"姑娘还是将衣裳穿上的好！"乔泰粗声道。

乔泰和玉姝花船相会（高罗佩　绘）

"奴只当是官人有意于奴家，"玉姝低头轻声道，"官人不是说今日是官人的不是吗？"玉姝将裙衣叠起，放在窗台之上，又走到妆台前缓缓坐下，梳理散乱的长发。

乔泰望着玉姝光洁苗条的腰肢，自思不可为之心动。继而又从镜中见玉姝胸前丰腴，眉目传情，情知玉姝有意挑逗。但乔泰竭力克制自己，对玉姝道："可别如此！你一个已使人性情难耐，加之姑娘镜中倩影，叫人心中好生不安。"

玉姝闻言，惊愕不已，回头目视乔泰，心中甚是不解。于是起身来到床边，面对乔泰坐下，凝神注视乔泰。

"官人真是衙门里人吗？"玉姝认真问道，"来这里的嫖客常常不说实话。"

乔泰见玉姝主动问话，心中十分高兴，伸手从靴筒内抽出一个折子递与玉姝。玉姝伸手接过折子，打开一看，乃是一纸牒文。

"奴不识字，"玉姝手捧牒文道，"但奴眼力不错，可以分辨。"说罢便弯腰自床下取出一个小小包裹。那包裹扁平四方，外面紧紧包着一层灰纸。玉姝坐于床边，将乔泰牒文上的印鉴与那包裹封口处的印鉴仔细比照，然后将牒文交还给乔泰，说道："看来这牒文不假，确有衙门大印。"

玉姝痴痴望着乔泰，纤手缓缓搔抓股部。

乔泰并不为所动，只是追问道："姑娘如何有那盖着衙门大印的包裹？"

"看来官人来此并不想与我们女子寻欢作乐，而只想捉拿盗贼，是也不是？"玉姝噘嘴奚落道。

乔泰被玉姝奚落，心中不免有些气恼，两手握拳脱口道：

"听着，姑娘，你已受伤，须将养数日，休要以为我此刻会与你做那男女媾和之事。"

玉姝侧目偷视乔泰，料其绝非轻薄之人，也便死了心，打着呵欠缓缓道："其实奴家此刻也不想与官人做那等事。"

乔泰又与玉姝交谈了一阵，便起身告辞。

乔泰回至前舱，见薄凯伏于桌旁，头枕在两臂之间，正呼呼大睡。那老鸨坐在薄凯对面，呆呆地望着桌上的一杯酒。乔泰前去付账给她，并正色道："今后休再虐待那高丽姑娘，否则定不轻饶！"

老鸨一肚子委屈，尖声争辩道："大爷，那姑娘不过只是个高丽女奴罢了，是老身从官家合法买来的。"说至此，见乔泰面有怒容，忙又讨好道，"不过，既是大爷吩咐，老身怎敢违抗，一定照办便是。"

此时马荣回到舱内，满面春光大声说道："不错，不错！这地方相当不错！那胖妞实在妙不可言！"

"只要老爷愿意，老身尚有更妙的奉送！"老鸨满脸堆笑，急忙讨好道，"那第五条船上新来一个年轻姑娘，美若天仙，且极有教养，只可惜近日被一客人出高价包下。不过，这等事不会长久，估计不出十天半月，大爷便可……"

马荣闻说，喜不自禁，连连叫道："妙极，妙极！到时大爷我一定会来。但须告诉你那几个鸟人，休要再耍刀弄剑，惹我生气。若还敢动武，我定将你这骚窝给掀翻了不可！"说罢，伸手去那薄凯肩头用力推摇，并在其耳边吼道，"快快醒来，'酸秀才'！天时已晚，该回府歇息去了！"

开漆盒狄公费解
开棺柩腐尸惊心

话说薄凯被马荣吵醒，睁眼睨视马荣、乔泰二人，心中好生不快，遂不客气地道："你二人实在俗不可耐，只知湎色，无一点高雅情趣。早知如此，不会叫你二人作陪。我还要在此等候好友金桑到来，不需你二人陪伴，快些与我离去！"

马荣、乔泰只道是他今夜未能尽兴，心中怨恨，也不与他计较。马荣呵呵大笑，打趣地将薄凯头上的冠帽拉下，遮住其双眼，随后便与乔泰一道登上甲板，跳进船旁一艘小舟，欣然离去。

二人回到县衙，见狄公书房中灯火通明。走进书房，见狄公正与洪参军在屋内商谈，书案上堆放着许多卷宗。

狄公见马荣、乔泰来到，遂招呼二人坐下，然后说道："今晚我与洪亮去后园汪县令故宅书斋内搜查了一番，未能查获茶中下毒的线索。因那茶炉安放于窗下，洪亮曾推测谋杀者许是将一细长吹管刺破窗纸，从外将毒粉吹入烧水的茶壶之中。然经我二人去那书斋察看，却发现茶炉一边的窗户之外另有一扇窗户挡板，此扇窗板厚重结实，已是数月未曾开启。故此汪县令生前必是只开启过书案前的窗户，谋杀者不可能由那茶炉旁的窗户吹毒入壶。"

狄公说至此，稍事歇息，又道："晚饭之前，我曾邀见四乡里正，其言谈举止均合乎礼仪。那高丽里正亦曾来过，此人看去颇有才干，想必曾于高丽任过官职。"狄公扫视一眼先前与洪亮商议时的笔录，继续说道，"晚饭之后，我与洪亮在此仔细查阅了衙署档案，发现近来所有公事记录保存完整，并未有何缺失。"狄公说罢，将面前一沓案卷推开，转身问马荣、乔泰道，"你二人今夜去了何处？有何见闻？"

"大人，恐怕您听了不会满意，"马荣神情沮丧地答道，"我与乔泰尚不甚熟悉衙门内事务，还须从头学起。"

"我且需要学习，何况你二人？"狄公微笑道，"究竟有何见闻，不妨说来听听。"

马荣见说，便先将九华园独臂店主如何讲述唐主簿与樊录事之事禀报狄公。狄公待其说完，凝眉摇首道："唐主簿此人确是让人琢磨不透，其心中似乎有鬼。此人曾说见过汪县令之鬼魂，而且每每提及此事，便惊慌失措，似乎被那鬼魂深深震慑了一般。然我怀疑其中另有缘故。此人实在令我不安，故今晚我未留他在此，早早便将其打发回家。至于那樊仲，我等不应仅听那店主片面之词。这等人对衙门向来抱有偏见，他们对平抑粮价、征收酒税等事一向心怀不满。如今樊仲尚未回府，我等不应过早妄下断语。"

说至此，狄公捧杯呷了一口茶，然后对马荣、乔泰道："今有一事顺便告知二位。唐主簿说此地确有一只食人恶虎。待汪县令一案有些眉目，你二人思量如何将那畜生给除了。"

马荣听说要其猎虎，顿时兴致高昂起来，即刻嚷道："大人放心，这打猎之事最合我二人心意，到时一定将那大虫给杀了！"说罢，忽地想起一事，又沉下脸来，犹豫再三后，乃将城中河边依稀所见杀人抛尸一事禀告狄公。

狄公闻之，神色忧郁，双唇紧闭，思索片刻道："但愿你二人是被雾影所惑，所见并非实情。我不希望此刻再出个谋杀案！明日午前，你二人再回彼处仔细察看，顺便询访周围居民，看有无他人亦曾亲见此事。或许当地住户会对你二人所见说出个道理来也未可知。而若是真有什么人失踪，或许不久亦会有人来衙门报案。"

狄公说罢，乔泰又上前禀报。他将夜来如何邂逅船东易鹏之管事薄凯，又如何与之出城去水上妓馆，如何与妓女言谈等事逐一细细禀报狄公，末了又道："我二人徒劳一场，无功而返，实在惭愧。"

出乎二人意料，狄公听了二人禀报之后，非但未加责备，反而大加赞赏。

"二位辛劳一夜，哪里是无功而返？"狄公笑道，"看来二位所获颇丰。那妓院乃是藏污纳垢之地，最是市井小人、泼皮无赖乃至贪官污吏、游手好闲之徒愿去之处。如今你二人已知彼处路径，日后倘若再要寻那地方，便不愁寻不到门户。洪亮，与我取本县地图来，我要看看水上妓馆那些花船究竟泊于何处。"

洪亮取来地图，将图展开在案桌上。马荣上前，俯身察看地图，旋即以手指定城南河道之上第二座桥梁与西南隅水门东面一带。

"大约便是这一带，"马荣说道，"我俩先是在此见到河对岸那轿中人，后在此地清风酒楼内遇见薄凯那酸秀才，后又乘舟沿河道向东，穿过东南隅水门出城。"

"你等如何出得那水门？"狄公问道，"城西南与城东南两处水门均应有厚重栅门遮挡，如何出得去？"

"那东南水门栅栏上的木架已有几处松动，拽开些便容得小舟通过。"马荣答道。

"明日第一件要做之事便是先将那水门修缮牢固。"狄公对众人道，"然我尚不解那些妓馆何故要设于船上？"

此时洪亮插话道："回禀大人，唐主簿曾对我说，许多年前，此地来过一位县令，一心要整饬本地风气，因感妓馆开于城中有伤风化，便下令禁绝城中所有妓馆。不得已，那些老鸨们便移馆于东城外溪涧里舟船之上，名之曰'花船'。后来那位县令虽然离开了蓬莱，但那些妓馆却仍设于船上，并未迁回城中，这是因为此地商船往来频繁，水手们无须进城入关便可径自去那城外花船上嫖妓，妓馆生意反倒更为兴隆的缘故。"

狄公闻言频频点头，以手捻须对马荣、乔泰二人道："听你二人所言，那薄凯倒是个十分有趣之人，我想与之相会一面，看他是何等样人物。"

"我看他像个文人。"乔泰道，"不过，此人相当聪明，眼光颇为敏锐。他一眼便看出我二人像是露宿荒野的强人。在那花船上，也是他首先发觉老鸨与手下在舱中责打姑娘的。"

"责打姑娘？"狄公一惊，忙追问道。

猛然间，乔泰似乎想起什么，只见他握拳在膝头上重重一击，叫道："包裹！我怎的这等愚钝！竟将此事忘得一干二净！那高丽姑娘让我看一包裹，此包裹封口处盖有衙门大印，乃是汪县令托付与她的。"

狄公坐在椅上，听乔泰说出包裹之事，乃急切道："此事十分重要，想必与汪县令一案有关！然汪县令何以要将那包裹托付给一个平常妓女呢？"

乔泰答道："那姑娘说，她当初与汪县令相识在一家酒楼中。一日她被召去伴酒之时，汪县令见她貌美，便格外喜欢她，想与之经常往来，但碍于身份，又不便亲往花船相会，于是便经常派人夜间接她进府，与之欢会。约莫一月之前的一日清晨，那姑娘待要离去之时，汪县令将此包裹交付与她，称姑娘住处不易为人注意，最适合收藏，并嘱咐姑娘好生保存，不要说与他人知道，又说日后待要用此包裹时，再来讨回。那姑娘问他包内有何物，他却只是笑称是无关紧要之物，但随即又郑重地关照姑娘，说若是自己有什么三长两短，须将此包裹交与衙门继任官员。"

"然汪县令被人谋杀已有多日，何以那姑娘迟迟未将这包裹交与衙门呢？"狄公又问。

"那些烟花女子，"乔泰答道，"向来对衙门十分惧怕，哪里敢自往衙门中来。那姑娘情愿坐候时机，待衙门内有人去她船上遇见时，方肯交付。而我恰是衙门内与之相会的第一人，那姑娘也便将那包裹交与了我。"

乔泰说罢，伸手去衣袖中取出那扁平小包来，递与狄公。

狄公接在手中翻转着端详了片刻，神情兴奋地道："来，看看其中究竟是何物件！"

狄公随手将盖有印信的封纸撕去，又将包纸扯脱。众人一看，原来是个黑漆扁盒，盒盖上用金漆画着两株枝繁叶茂、姿态优美的修竹，周边配以螺钿镶嵌出的美丽花纹。

"此盒乃是一件古董，价值不菲。"狄公边开盒盖边赞道。忽地狄公惊呼一声，只见盒内空无一物，乃是一只空盒！

狄公勃然大怒道："定是有人先取走了盒内之物！"说罢，迅速将已撕碎的包纸捡起，细细检视，懊悔不迭道，"看来我尚需学习。我本应先仔细察看包纸，然后再将它撕开才是！如今悔之晚矣！"言毕，靠在椅背上蹙眉沉思，不发一语。

洪亮好奇地检视狄公置于书案之上的漆盒，未几言道："看这盒子大小与形状，像是用以盛放书函的。"

狄公默默点头。

良久，狄公叹息一声道："然则毕竟也算有了点头绪，总比一切均不知晓的好。汪县令必是将重要文书放在此盒内，且此文书想来比那书斋案桌抽屉内的重要。乔泰，你见那姑娘将此盒放于何处？"

"放在她卧舱中，床下靠墙处。"乔泰迅速答道。

狄公扫视乔泰一眼，冷冷道："我知道了。"

乔泰神情窘迫，怕狄公误解，连忙又道："她曾向我保证，从未将此事告知他人，亦未将此包裹示人。但她也说，在她外出时，其他姐妹曾使用其卧舱，而且船中仆役、嫖客等，亦可随意进出其间。"

"这便是说，"狄公道，"即便你那姑娘所言是真，可实际上任何人皆可获得此包！如此又如何能查知是何人取走盒内之物？"狄公又沉思片刻，抬头对众人道，"也罢，先不说此事。夜来，我与洪参军曾去后园书斋内查阅了汪县令藏书，发现一本记事簿子。你二人看看有何启示。"

狄公拉开抽屉，从中取出那本簿子，递与身边的马荣。马荣接过去，放在案桌之上，匆忙地翻看，乔泰从其侧后阅视簿中内容。只见马荣一边翻阅，一边摇头不止，不一会儿便将簿子翻阅一遍，双手奉还狄公。

"大人，休要耍笑我们，我二人非读书之人，看不惯文字书本，只知干些粗活。若是大人要我二人捉拿强盗贼人，我们定当效力！"

狄公微笑道："我必须先确认罪犯，方可捉拿他。不知罪犯乃何许人，尔等又如何能为我效力？然无须担忧，今夜尚有要紧公务烦你二人随我去做。我想去那白云寺后殿走一遭，此事必须做得无人知晓方可。你二人再察看一下地图，看如何去那白云寺。"

马荣、乔泰伏案看图，仔细寻找白云寺的位置与路径。狄公道："你二人只需向东寻便可找到，此寺位于城外东郊，溪涧对岸，高丽乡之南。唐主簿曾对我说，白云寺后殿靠近寺院后墙，后山上林木茂盛。"

"院墙倒是无碍，可以翻越。"马荣接着道，"只是怎的去那寺院后殿而不被人发觉却是难事。此时夜深人静，路上行走十分醒目，若被人看见，易令人生疑，且要过关，躲不过盘查，如之奈何？"

乔泰抬头道："我等不妨再去那清风酒楼后租一小舟。马荣驾得好船，由他驾舟带我们走城南河道，向东穿过那水门栅栏，如此便可出城到那城外溪涧。从溪涧对岸如何去那白云寺后山，便要看我们运气如何了。"

狄公闻言道："言之有理。我即刻换一身轻便装束，随后我等便出发上路。"

各人装束已毕，悄悄自边门出衙，沿城中僻静去处悄然向南行进。此时虽是深夜，但天已转晴，一轮明月挂在中天。不一刻，四人来到清风酒楼后，恰好一叶小舟泊在岸边，便与船家相商，租借小舟一用。

四人跳上小舟，马荣划船。那马荣从小在船上长大，熟知划船行舟之事。只见他双手绰桨，轻点水面，小舟便箭一般向东水门而去。来到水门，从水门栅栏松开处穿行而过。马荣先将小舟向水上妓馆划去，贴着那排花船划至最后一艘船处，忽地折转向东，飞速直抵对岸。

到了溪涧对岸，马荣拣一处草木繁茂处将舟停下。待狄公与洪亮上了岸，马荣与乔泰便将小舟拖上岸去，藏于蒿草灌木丛中。

"大人，"马荣对狄公道，"前面道路艰险，洪参军年老，不便行走，且这船需有人照看，还是叫洪参军留在此处的好。"

狄公点头应允，遂命洪亮守船，马荣、乔泰探路，自己跟随其后，向白云寺方向行去。一路上披荆斩棘，约莫过了半个时辰，来到一条大道边上。马荣停下脚步，指着大道对面林木葱茏的山坡。众人顺其所指，远处左侧白云寺的石牌楼尽收眼底。

马荣环顾左右，说道："这左近未见有人，此刻奔过大道正是时候。"

三人即刻奔过大道，钻入对面密林之中。林中大树蔽天，阴暗无光，且一路高坡陡岩，路途更是难行。此时乔泰在前开路，只见他穿行林间，攀登山岭，身轻如猿，迅若於菟。马荣相帮狄公，紧随其后。

狄公跟随乔泰、马荣，一路攀山穿林，曲曲折折，专拣那羊肠小道与无人行走过的地方行进。很快，狄公便迷失了方向，但马荣、乔泰乃是穿林翻山的老手，二人在前开道，并无丝毫犹豫。

正行进间，乔泰忽地退至狄公身边，悄声道："大人，有人跟踪！"

"我也听见有动静。"马荣也轻声说道。

三人即刻停下脚步，聚在一起，屏息凝神细听。此时狄公也听见附近有轻微的沙沙声响，并有低沉的呼噜声传来。仔细听去，觉得这声音好似来自左下方。

马荣拽了拽狄公的衣袖，弯腰俯身，狄公与乔泰也随即弯下身子。三人悄悄爬上一道低矮山梁。马荣回身用手轻轻拨开一片树丛，向后观察，口中轻声咒骂起来。

狄公也向脚下浅谷望去。借着月光，朦胧中见到一个黑影正在一片剑草丛中穿行。

"是只大虫！"马荣轻声道，语音中带点紧张，"可惜身边未带弓箭。不过，不用担心，我们人多势众，这畜生不敢贸然攻击。"

"休要出声！"乔泰轻声道。他凝神注视那黑影，见那黑影迅速穿过草丛，纵身跃上一块大石，又消失在一片树丛之中。

"我看不是一般大虫！"乔泰咬牙道，"其体形庞大，且方才它纵身一跃时，我见它露出白色利爪，此乃是食人恶虎所有！"

正当三人惊疑不定之时，忽听一声令人毛骨悚然、声震山林的咆哮。这吼声在山谷间长久回荡，听来实在令人恐怖，狄公也惊出一身冷汗。

"它已嗅到我们的气味，"乔泰不顾一切吼道，"快向寺庙处跑，那寺庙必在此山坡之下！"说罢，一跃而起，抓住狄公手臂便向山下奔去。马荣、乔泰在前开道，拉着狄公飞奔下山。狄公深一脚、浅一脚地紧随马荣、乔泰奔跑，心中惊惧不定，但觉那恶虎吼声似仍在耳边回荡。途中狄公跌倒数次，拉起来再跑，身上衣袍也被树枝钩破。惊慌间似见那恶虎已至身后，即刻便要扑将上来，用那白色利爪撕开自己的咽喉。

跑不多时，马荣、乔泰忽地松开狄公，急驰向前。待狄公跌跌撞撞跟随二人穿过一片树丛之后，前路忽被一堵一丈来高的大墙阻隔。此时乔泰早已蹲伏在墙边。马荣纵身跃至乔泰肩头，伸手搭住墙头，略一用劲便翻将上去。马荣骑坐在墙上，俯身来拉狄公，乔泰则在下推顶。狄公抓住马荣的手，转瞬间便被拉上了墙。此时马荣方叫道："快跳下墙去。"

狄公扒住墙头，探身下滑，待离地面不远处便将双手松开，任身体坠落下去，一下便跌落在一堆枯叶之上。爬将起来，见马荣、乔泰二人已从墙头跃下，站立于自己身边。墙外丛林中兀自传来那恶虎令人心惊胆战的吼声。又过一会儿，一切方恢复平静。

三人神清气促，环顾四周，发觉已是身处一座小小院落之内。面前不远处是一座高大殿宇，坐落在宽大的砖砌台基之上，那台基足有四尺来高，一眼望去，好不雄伟。

"大人，想必这便是你要去的后殿。"马荣哑声道。此刻月光明亮，马荣的脸显得有些疲惫，乔泰则在一旁默不作声地察看被树枝山岩划破的衣衫。

狄公兀自汗流浃背，喘息稍定，乃断续言道："我等先去那台基之上，再转至前面大殿入口处。"

当下三人上了大殿台基，转到前面，只见殿前一片白石板铺就的四方空地，宽阔而平坦。环顾四周，静谧无声，并无一个人影。

狄公立于殿前，先是观赏了一下周围宁静的景致，随后便转身去推那殿堂大门。门并未上锁，嘎吱一声便被推开。但见里边偌大一个殿堂，昏昏暗暗，借着纸窗上透进的几缕月光，隐约可见大堂内空空荡荡，仅有一排漆黑的长木箱摆放在地面之上，周围弥漫着微弱的腐烂气味，令人闻之作呕。

乔泰禁不住咒骂道："尽是些晦气的棺材！"

狄公道："我正为此而来！"说罢，从袖中取出一支蜡烛。马荣将随身所带火镰、火石等打火之物取出递与狄公。狄公将烛点燃，走近那些棺木，俯身仔细察看其上所贴纸条，纸条上记着死者姓名与身世。察至第四口棺木处，狄公停下脚步，以手探摸棺盖四周。

"棺盖未钉严实。"狄公低声道，"将它撬开。"

马荣、乔泰遵命，拔出腰间短剑，插入棺盖之下，用力将棺盖撬松。二人方将棺盖抬起，掷放在地上，便有一股刺鼻恶臭自棺木内冲散而出。马荣、乔泰禁不住往后连退数步，口中兀自骂个不停。

狄公亦赶紧以袖掩鼻。少停，待那臭气稍散，狄公举烛近前照视棺柩内死者面容，马荣二人亦从狄公肩上望去。不料狄公一见那死尸便禁不住大吃一惊。他见死者形容与黄昏时分在衙门后院走廊内所见之人一模一样，其面容傲慢冷漠，眉毛细长，鼻子硕大，左颊之上有一块明显胎记，唯一与所见之人不同处乃是下陷的面颊上已生出好些霉烂斑点，且双目紧闭，面无血色。狄公顿感一阵恶心，心想死者与那人如此相像，其中不似有诈，看来昨日在空宅内所见确为鬼魂无疑。

狄公默然无语，退后几步，示意马荣、乔泰将棺盖重新盖好，继而便将蜡烛吹熄。

"时辰不早，我等也该回府歇息去了，然此去还是不走原路为好。"狄公道，"此番我等可顺院墙摸至前面庙门近处，然后再翻墙出寺。如此虽有被人发现之危险，亦较走那林中小道与虎搏命为好。"

马荣、乔泰低声赞同。

当下三人便隐身于墙影中，沿着院墙，绕过一座座大殿向寺前摸去。不多时，三人便见到寺庙大门，门旁有一更房，三人便从那更房后悄声攀越大墙。到了寺外，又贴着路边树丛向远处行了一段路程。见无人看见，便迅速越过大道，钻入先前来时走过的那片丛林之中。

三人回到溪涧边，见洪亮卧于舟内，正呼呼大睡。狄公将他唤醒，与马荣、乔泰一起将舟推入水中。

马荣正待率先跨入舟内，猛然间听得黑暗的水面上传来尖厉的歌声。

四人躬身探视，见一叶小舟缓缓荡过，正向水门处划去，船尾坐着一人，正手舞足蹈、摇头晃脑地尖声吟唱。

"原来是那酸秀才！"马荣定睛一看，忍不住口中轻声骂道，"大人，此人便是我与乔泰遇见的那个酸诗人薄凯。不想这厮玩到此时方才离去！我们让他先行的好，以免被他撞见。"

正说间，又传来薄凯那尖厉的嗓音。马荣笑道："夜来我还听不惯这厮的尖嗓子。可如今听过那大虫的吼声，再听这厮号叫，倒还觉得颇为好听呢！"

　　且说狄公一行四人避开了薄凯，回到府中已是将近三更时分，大家赶紧各自回房歇息不说。次日凌晨，狄公早早便起身了。自白云寺归来，他便感觉浑身乏力，精疲力竭，但却一直睡不安稳。这一觉只睡了一个时辰左右，倒有两次梦见汪县令站立于睡榻前，面无血色地盯视着自己。当他大汗淋漓惊醒过来时，屋中又分明不见一人。如此两次三番后，狄公便索性起身，点燃蜡烛，秉烛而坐，也不再睡觉，直至晨光映红窗纸，衙役为之送来早饭。

　　狄公方才用完早餐，洪亮便手捧一壶热茶走进书房。洪亮禀告狄公，马荣、乔泰已领人去修缮那破损的水门，并顺路去昨夜雾中目击谋杀案的河边察看，或许早堂之前不能及时赶回。洪亮又告知狄公，据报樊仲仍未归来，亦不知现在何处；另据唐主簿仆役来衙禀报，唐主簿昨夜身体不适，待稍愈后便回衙待命。

狄公低声道："我亦感有些不适。"说罢，连饮了两杯热茶，然后又道，"可惜京城家中的书未带来此处。有卷书中讲述鬼魂与食人虎之事颇为详细，只可惜当初我未曾在此方面花气力研读。作为县令，本应具有全面的学问，而不可忽视任何看似细微的知识！洪亮，那唐主簿昨日说过早堂需办理何事？"

"回禀大人，今日早堂只有一桩案子要办。"洪亮答道，"有两个农人因田界不明而发生争执，二人告上衙门，望衙门公断。只此一事而已。"说罢，从袖中取出一份案卷递与狄公。

狄公接过案卷，略略翻阅一过，便将案卷置于案上道："此案易断。唐主簿于本县土地注册上曾下过不少气力，各田庄地界在地图上均标注得十分明白。今日将此案断毕，即早早退堂，我等尚有许多要紧公务需要办理！"

狄公说罢起身。洪亮为狄公取来一件深绿色锦缎官袍。狄公方将官袍、乌纱穿戴齐整，便听得三声鼓响，已到了早晨升堂时分。

当下狄公便步出书房，穿过走廊，来到大堂后门。从后门进入大堂，绕过那绣着狻猊兽幕布的影壁，在那铺着红锦台布的高大案桌后的椅上坐定，然后向堂下望去，只见堂下人头攒动，好不热闹。蓬莱百姓来者甚众，大家皆欲一睹新任县令之威仪，看他是何等样人物。

狄公又迅速向堂上扫视一眼，察看公人们站位是否有误。他见两边各置一矮桌，其后坐着两名书吏，已将笔墨纸砚准备停当，专候记录。案桌前，台阶下，六名衙役分两边站定，边上立着衙役班头，手中来回甩动着一根皮鞭。堂上气氛凝重，肃静威严。

狄公见一切就绪，遂将惊堂木一拍，高声宣布审案开始。传唤过了原告与被告，狄公即俯身将洪亮为其展开于案上的卷宗、地图又看了一遍。阅毕即命班头将那两个农人带上，令其跪在案前听宣。狄公宣布断案结果，二人连连叩头于地，口服心服。

狄公拿起惊堂木，正欲宣布退堂，此时堂下人群中一瘸一拐走出一人。只见此人峨冠博带，手拄一根竹杖，面容端庄俊秀，胡须修饰齐整，看去约莫四十上下年纪。

此人走至案前，费力地跪下，然后以和缓文雅的口气说道："在下船东顾孟彬叩见县令大人。县令大人适才升堂，顾某即冒昧叨扰，心中不胜惶恐。今有一事相求大人。顾某拙荆曹旋失踪多日，至今下落不明，顾某心中忧急如焚，还望大人为顾某做主，派人查寻。"

顾孟彬说罢，匍匐于地，连叩三个响头。

狄公闻言，朗声道："顾员外但请详述案情，以便本县据实决断。"

顾孟彬随即禀道："十日前顾某与曹氏新婚，当时因前任县令突然辞世，顾某未敢大宴宾客。婚后第三日，新娘子即依本地风俗回母家探亲。其父乃本地名流学士曹鹤仙，家住西城门外乡间。按说娘子本应于第十四日，即前日午后回转家中，可当天她却并未归家。顾某猜想或许娘子还要多住一日。可昨日午后，娘子仍未回到家中，顾某心中着急，便差手下管事金桑去岳父大人家探问。岳父曹公告知金桑，娘子确实已于前日返回，乃是吃了午饭，与其弟曹明一同离去的。途中，曹明步行，紧随其阿姊马后，一直陪伴前行。曹明于那日黄昏时分返回岳丈家中，告知其父，那日伴送阿姊行到大道附近，见路边一棵大树顶上有个鹊巢，便叫阿姊在前先行，待其上树取几个鸟蛋后再来赶上她。可当曹明攀上树，不想踏着一根朽枝，跌落下来，将足踝给扭伤了，只得忍痛挪至附近农家，包扎了一番，也没去追赶阿姊，便借那农家毛驴返回家中。曹明称他与阿姊分手之后，见阿姊向大道方向骑去，故猜想阿姊会沿大道直接进城。"

说至此，顾孟彬稍歇，用袖擦去额上汗珠，然后继续道："顾某手下管事金桑在回城途中曾去乡间小路与大道交接处之哨卡询问，并沿进城大道一路询问附近农家与店家，可均无人看见那日有什么妇人独自骑马经过。为此，顾某心中甚是不安，深恐娘子遭遇不测。如今恳请大人尽早派人寻查顾某拙荆之去处。"说罢，从袖中取出一个折子，恭恭敬敬双手将折子举过头顶，又道，"在下顾某写有一纸呈状，内中详述拙荆曹旎形容、衣着及坐骑模样。呈请大人过目。"

边上班头走上前，接过折子，递与狄公。狄公展开阅毕，问道："员外之妻归家途中可曾随身携带珠宝钱财？"

"回禀大人，拙荆回家途中并未携带任何珠宝钱财。"顾孟彬答道，"此事金桑亦曾问过顾某岳丈，岳丈大人告知金桑说，其女离家之时只是随身携带了一只藤篮，内装几块糕饼，皆是其父要她带回送与小婿的。"

狄公点点头，又问道："员外仔细想来，是否有忌恨于你而

顾孟彬在公堂上（高罗佩 绘）

欲加害于员外之妻之人？"

顾孟彬摇头道："回大人话，或许有人忌恨于顾某，商场向来如战场。然顾某自思，即便有人忌恨于顾某，亦不敢无视王法，做出此等卑劣之事！"

狄公以手抚须，心想顾某之妻极有可能是与他人私奔而去，但此事乃是隐私，不便当堂理论，故决定先了解顾妻品行与在乡里名声之后再做决断。想到此，遂开口对顾孟彬道："本县将迅速就此事展开必要之调查。退堂之后，员外即去通知手下管事金桑前来本县书斋，将其询访实情一一详细禀告于本县知晓，以免衙门再遣人去乡间重复询访，徒费时日。一旦本县有音讯，亦会立刻告知员外。"

狄公说罢，即拿起惊堂木向案上重重一拍，宣布退堂。

狄公回至书斋，见一名书吏正在书房等候。问之何事，书吏禀道："船东易员外到此，有要事想见大人。小人已将他领入衙内，现正在客厅等候。"

"易员外是何人？"狄公问道。

"回禀大人，易员外名为易鹏，乃是本地巨富，"书吏答道，"他与顾孟彬同是本地船东，两家船只经常往来高丽、日本经商。他两家在城北河港处专有一处大船坞，那里是他们造船、修船之处。"

"也罢，"狄公道，"我正待要见另一位客人，然既是易员外有要事相见，我便先去见他也罢。"转身又对立在一旁的洪亮道："洪亮，烦你先去接待一下金桑，请他讲述一下寻访顾员外之妻的详情细节。待我见了易鹏，听他说些什么，即来会见金桑。"

吩咐已毕，狄公便径自往客厅走去。

客厅内，易鹏正站立着恭候狄公的到来。他见狄公走上门口石阶，慌忙跪伏于地迎候狄公。

狄公入内，挽扶易鹏道："易员外免礼，此处不是大堂，无须如此客气，快快请起请坐。"

易鹏称谢起身。狄公在茶几旁一张太师椅上就座，易鹏则在狄公对面一张椅子边沿小心就座。狄公见此人生得肥胖，长着一张肉鼓鼓的圆脸，厚嘴唇上留有两撇薄薄的胡须，下颌上亦稀稀落落长着些短须。狄公不甚喜欢他那对滴溜乱转的小眼。

易鹏端起仆役递与的热茶呷了一口，张口欲言又止，似乎不知从何说起。

狄公见状乃先开口道："易员外，本县打算几日后邀请本地士绅名流来此聚会，届时我想与员外做次推心置腹的长谈。今日本县公务繁忙，故而还请员外免去客套，有话但说无妨。"

易鹏闻言，遂深施一礼，开口道："大人，在下是本地一船主，自然常去码头等处巡视，知晓那里一些事情，故自觉有义务禀告大人一桩要事。近日，一直有传言称，有大批兵器正从此城偷运出境。"

狄公闻言，即刻坐起，将信将疑问道："兵器？运往何处？"

"回大人话，必是运往高丽。"易鹏答道，"易某听说，高丽人因战败而心中怀有怨恨，正谋划袭击我朝驻防军队。"

"员外是否知晓是什么人从事此项卖国交易？"狄公问道。

易鹏摇头道："大人，十分遗憾，易某尚不知此是何人所为。但易某断言，易某所辖船只绝对不会为此凶险阴谋所利用！当然，此事只是传言，但本地军塞守捉使也已获知有关信息，据说近日所有离港出海船只皆须接受严格检查方可出海。"

"员外若是获知什么音讯，休要忘了即刻通知本县。"狄公道，"在此还要顺便向员外请教一事，不知员外对同行顾孟彬娘子失踪一事有何见教？"

"大人，此事易某不知，实在无可奉告。"易鹏答道，"不过，如今曹公必定十分后悔未将女儿嫁与易某之子！"

狄公听易鹏如此说，不觉心中一振，抬眼注视易鹏。

易鹏又道："大人，易某乃曹公老友，我二人皆笃信儒学，不喜佛学。虽说我二人之间未尝提过儿女亲事，但据我两家关系，易某向来以为，曹公会将女儿许配给易某长子。但不想三月前曹公之妻亡故，曹公忽然宣称要将女儿嫁与顾某。大人，你想，那姑娘年方二八，如花似玉，而那顾孟彬却是个狂热的佛教徒，听人说他还要捐献……"

"本官知员外之意了。"狄公对家庭琐事毫无兴趣，故未待易鹏将话说完便道，"昨晚本县两名手下曾与员外手下管事薄凯会面，听说此人似乎非同寻常。"

易鹏见狄公问起薄凯，脸上显出赏识神态，回道："薄凯喜好饮酒，昨夜又饮了许多，半夜方归，但并未大醉。此人总是半醉半醒，也颇好吟诗，但其诗作甚是平淡无奇。"

"既如此，员外何以仍要留用此人？"狄公不解道。

"易某以为，"易鹏道，"这醉酒的诗人有理财的天赋！大人，此人精通理财之道，算账速度之快令人不可思议。不久前一日晚间，易某约薄凯一同查账，当时他坐在一旁，易某向他解释。但他未听几句，便从易某手中取过账册，迅速翻阅一遍，并记下若干数字，然后便将账册交与易某，又拿来笔墨纸砚，清清楚楚将易某买卖收支情况书写于纸上，竟然无丝毫差错！次日，易某又命薄凯用六七日时间估算一下为海防要塞建造一艘战船所需的费用，不想薄凯竟在那日午后便将一卷写有估算费用的纸张交付与我！易某因此得以赶在同行老友顾孟彬之前将提案呈交与海防统领，轻易便获得了一大笔造船的生意！"易鹏说时得意之态溢于言表，末了又道，"只要薄凯不误事，心里想着易某，他愿饮愿唱，自由他去。薄凯聪明，做事敏捷，在下因此付给他极高报酬。但易某不喜他是个佛教信徒，也不喜他与顾孟彬手下管事金桑往来。不过，薄凯信奉佛教，与金桑交往，此事对易某倒也无害，且有时尚可从金桑处获知不少顾孟彬生意内情，回来报知与易某，还颇有益于易某的生意呢！"

"员外，请勿忘告知薄凯，"狄公道，"叫他这几日择个时辰来见本县。本县在衙内找到个记事簿子，内有一些账目，本县想要听听他的高见。"

易鹏闻言，迅速望了狄公一眼，方欲开口询问，见狄公已起身告辞，只得也起身告退。

却说狄公辞了易鹏，即向书斋而行，途中遇见马荣与乔泰。

二人上前施礼。马荣道："禀报大人，那水门栅栏已修好。"接着又道，"回衙途中，我二人去那第二座桥近处大户人家询问，那些人家的仆役皆称未曾看见那日晚间之事，只说附近住家有时会用大筐装载大包垃圾至河边，将之倾入河中。我二人心有不甘，又挨户询问，仍无人知晓我与乔泰所见之事。"

"看来此事已显而易见！"狄公说道，心中释然，"你二人现随我回房，金桑已在书房等候我等。"

狄公边走边将顾孟彬之妻失踪一事简要说与马荣、乔泰二人知道。

不一会儿，三人回到书房，只见洪亮在屋内正与一位眉清目秀、二十五岁上下年纪的青年说话。洪亮见狄公来到，便将身边年轻人介绍与狄公。狄公问道："足下姓金，莫非具有高丽血统？"

"是的，大人。"金桑恭敬地说道，"金某生于本地高丽乡，从小生长在此。只因顾孟彬雇用许多高丽水手，金某通晓两国言语，所以顾孟彬便雇请金某为其管事，监管其手下高丽水手，并为其充任翻译。"

狄公点头称是，并随手接过洪亮递与的方才与金桑谈话的记录，细阅一遍，又将之传与乔泰、马荣，然后问洪亮道："洪亮，最后有人见到那樊仲亦是在十四日吗？亦是在那日午后吗？"

"回大人话，正是如此。"洪亮答道，"樊仲田庄的佃户称，樊仲于那日午饭之后即离开田庄，同行者尚有其贴身随从吴兔，二人是向西走的。"

狄公点点头，又道："那曹鹤仙家亦位于同一地区。拿地图来，我且看此地究竟是何模样。"

洪亮取来地图，展开在书案之上。狄公视之，以笔在图西部画出一个圆圈，指定图中曹鹤仙家宅处道："且看此处，十四日那日，顾员外的新娘用了午餐即离开此地向西而去。新娘于第一个路口向右转弯。那么，金相公，其兄弟是于何处与之分开的呢？"

"是在一小片林地处，那恰是两条乡间小道会合之处，大人。"金桑答道。

狄公又道："如今那佃户称樊仲亦是于那日午后离去，亦是向西而行。此处便有个疑问，为何樊仲不向东行，东行可直接通往城里，为何偏要舍近求远，向西绕行呢？"

"大人，从图上看，向东行确实近许多路程，"金桑道，"但此路崎岖不平，况且又路径不明，甚是难行，若逢雨天，更是无法行走。故而此路虽近，却比走大道绕行更费时间。"

"这便是了。"狄公说罢，遂拿起笔又于乡间小道与大道之间画出一个记号。

"我不信会有如此巧合之事，"狄公道，"我以为我等可假定顾夫人与樊仲在此处相会。金相公，你可知他二人从前可曾相识？"

金桑犹豫片刻道："大人，金桑不知他二人是否相识。不过从图中看，樊仲的田庄与曹公家不远，或许顾夫人未出嫁时曾与樊仲见过面亦未可知。"

狄公点头称许道："金相公所言十分重要。今后如何行事，本县尚须认真思考一番，因此今日便不陪金相公了。"

金桑起身告辞。

目送金桑离去后，狄公转身注视着三位手下，神情庄重且意味深长地说道："诸位若还记得那九华园独臂店主议论樊仲人品之言，我想问题便昭然若揭了。"

"看来那姓顾的找错了目标。"马荣做个鬼脸道。

洪亮却疑虑重重，慢慢说道："大人，若是二人私奔，为何大道哨卡的卫卒不曾看见他二人呢？那哨卡前总有些士卒坐着，除了饮茶便是注视过往行人。何况那些士卒一定认得樊仲，若是他与一名妇人同行，必定逃不过他们的眼去。且樊仲随从吴兔又怎样了呢？"

此时乔泰起身，看那地图道："我看不管发生何事，总是发生在这荒僻古庙之前。听那独臂店主说，这一带曾发生过许多骇人怪事！况且这一段乡间道路因有树丛遮挡，正好是哨卡士卒看不见的地方，不管是从樊仲田庄出来，抑或从曹鹤仙家走出，皆是如此。即便从顾娘子兄弟包扎腿伤的小农庄也望不见这段被遮挡的道路。看来，顾娘子、樊仲与那随从均在这段路上化为轻烟消失了！"

狄公听众人说毕，忽地站起身来说道："我等不可仅在此书斋中按图索骥，必要实地考察一番，并与曹鹤仙、樊仲佃户细谈之后方可心中有数。此时天正晴朗，正可外出前往彼处一看！有昨夜之经验，我想今日白天出巡，且又骑马，去乡间必定十分自在！"

话说狄公四人收拾行装，又挑选了十名精壮衙役，由班头率领，俱各骑马，跟随四人马后向乡间一路行去。西城门外，正在田里劳作之农夫见城门开处一队人马走出，俱各抬头观望，只见新任县令狄公打头，身后紧随洪参军、马荣与乔泰，四人之后又跟随一队衙役，煞是威风。

狄公决定抄近路去樊仲田庄。但走不多时，便发觉金桑所言不差。此路虽近，可确实颇为难行。淤泥板结，路面高低不平，两道深深的车辙印痕如同两条小沟。狄公等只得缓缓前进，一行人几乎走成一条直线。

如此行走了一阵，经过一片桑树林，走在后面的班头将坐骑赶进农田，吆喝着追上狄公，手指前方一块高地上的家舍道：

"大人，前面便是樊庄！"

狄公白了班头一眼，怒道："你这班头，好不晓事，怎可随意践踏田中庄稼！我早知前面即是樊宅，此前我便看过地图，何用你来告知？"

班头遭狄公抢白一顿，十分沮丧，勒住马，待狄公与三位助手走到前面，方才驱马上路，又对手下一名衙役发牢骚道："今番我等算倒了霉，碰上这个厉害老爷！还有那两个强人模样的县尉更是叫人见了便发慌！昨日，连我也被逼着操练，丝毫不把我当班头看待！"

"今后日子不好过啊！"那衙役叹口气，胡乱应道，"我呢，我可没那个福分，有个有钱的亲戚会送我个舒服的小田庄！"

不一会儿，一行人来到一个小茅屋旁，茅屋边有条弯曲小路通向樊宅。狄公翻身下马，命班头率领手下兵丁守候在路口，自己与洪亮、马荣、乔泰徒步沿小路进庄。

马荣走得急，先去那茅屋门前，抬腿便是一脚，将门踢开，但见里面堆满柴火，别无他物。

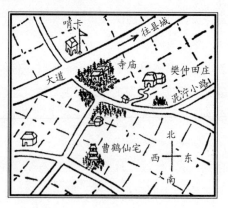

"真他娘的扫兴！"马荣骂道，又将门砰的一声关上。

此时狄公走来，马荣让在一边。狄公开门察视，见屋内干柴处隐约显露一白色物件，遂入内将那物件取出，拿与众人看，分明是一块女人用的绣花手帕，嗅之仍有淡淡清香。

狄公道："此地农妇想必不用此类奢侈物件。"说罢便将绣花手帕小心藏入袖中。

四人向樊宅走去。途中见一身材粗壮、短衣长裤、头裹花巾的女子正在田间除草。那女子听得有人走来，便直起身，大张着嘴，愣愣地望着四人。马荣打量那女子一眼，小声对乔泰道："没见过比这女子更丑的了。"

转瞬间四人便来到樊宅门首。那樊宅原不甚大，只是一排矮房。门口处有一平台，平台下放着一个大农具箱。离此房不远处，有个仓房，中间隔着道篱笆。宅门前站着个高个汉子，面容粗戆，身着打了补丁的蓝布长衫，正在那里磨一把镰刀。狄公上前道："我乃本县县令，相烦指引我等进屋一看。"

汉子闻言，一双小眼从狄公身上转到另外三人身上，犹疑片刻之后，忽然笨拙地弯腰朝狄公等作了个揖，遂引领四人走进屋内。屋内除有一张简陋方桌与两张破椅外，别无他物，壁上的泥土也剥落了好几处。狄公环视一周，倚在桌边，问那汉子姓甚名谁，此处尚有何人。

汉子阴沉着脸道："小的名叫裴九，衙门里樊老爷的佃户，两年前死了老婆，现只有女儿苏娘与我相伴过活。她在家做饭，闲时也去田里帮我干点杂活。"

"此处倒像是一个人的农庄。"狄公道。

"只要我有钱，我便雇个帮手。"裴九嘟囔道，"但这是不常有的事，樊老爷小气得很。"

裴九说罢，一双小眼挑衅似的瞟了狄公一眼。狄公注视着这个宽肩弯背的壮汉，觉得这黑汉子不甚友善，便道："你可知你家主人去了何处？"

裴九拽了拽破旧的上衣，粗声粗气道："他十四日曾回来过，当时我与苏娘才吃了午饭。我问他要钱买谷种，他说没钱，随后又叫随从吴兔去仓房看视。那厮去了回来说仓房里还有半袋谷种，于是樊老爷笑了起来，不再搭理我。后来他与吴兔便离开了田庄，骑马向西边大道去了。就这些，我曾说给衙门里的人听过。"

裴九说罢，两眼望着地面。

狄公两眼炯炯有神地注视着裴九，许久不发一言。忽然间，狄公朝裴九大声喝道："裴九！抬头看着本县令！老实将那女子之事说与我听！"

裴九未料狄公竟知那女子之事，不觉大吃一惊，惊愕地望着狄公，愣了片刻，转身便朝门口奔去。马荣见状，抢步上前，一把揪住他的衣领，将其拽回，又将他强按在狄公面前，令他双膝跪地。

"不关我事！不关我事！"裴九连连叫道。

"本县心中有数！"狄公怒喝道，"你休想瞒我！"

"我说！大人，我都说。"裴九为狄公气势所震慑，吓得号啕大哭起来，两手绝望地扭在一起。

"速速道来！"狄公厉声催促道。

狄公向裴九问话（高罗佩 绘）

裴九皱紧眉头，深深吸了口气，止住抽噎，方才言道："小人不敢说谎。那日先是吴兔牵着两匹马回到庄上，说是老爷与夫人要在庄上过夜。小人以前从未听说老爷婚娶，但此事不干小人的事，小人也就不曾打听。姓吴的那厮一向不是个东西，与他也没什么话讲，小人只叫女儿苏娘去逮只鸡杀了。小人想，老爷定是为了收租的事才回庄上小住。小人叫苏娘把老爷卧房收拾干净，又将鸡用大蒜炖上，便牵马去仓房里洗刷，喂草料。

"待小人回到房中，樊老爷已经坐在这儿。小人见他面前放着那只红皮匣子，便知他是来要租子的。小人说手中无钱，已买了新谷种。老爷很是生气，责骂了小人一顿，并叫吴兔去看有无谷种在仓房里。后又要小人带姓吴的去看小人种的地。

"待小人与吴兔又回到房中时，天色已晚，听得老爷正在卧房里喊着要吃饭。苏娘赶紧把饭菜端进卧房，小的则与吴兔在仓房前一起喝了些粥。姓吴的叫小人送他五十个铜板，不然便要诬告小人未将田地侍弄好。小人无奈，便给了他五十个铜板。姓吴的收了钱后便径自去仓房里睡觉了。小人坐在屋外，心中愁苦，不知怎的交纳租子。待苏娘收拾好厨房后，小人便将她送至阁楼歇息，小人则睡在姓吴的身边。半夜里小人醒来，又想那租子之事。那时小人发现，姓吴的已不在身边。"

"定是去了阁楼。"马荣忽地插话道，嘴角挂着一丝狎笑。

"休要如此浮躁！"狄公喝止道，"让此人说完。"

农夫裴九并未留意马荣的戏谑之语，皱着眉头继续述说。

"小人走到屋外，发现两匹马也都没了，却见老爷屋内依旧亮着烛光。小人心想，老爷一定尚未入睡，须将此事禀告老爷知晓才是。于是小人跑去老爷卧房门首，敲了敲门，却不见里面有什么动静。小人便绕到屋后，见窗户开着，心想定是老爷与夫人睡着了忘了熄灯，如今灯油甚贵，十个铜板才买得一斤，像这等睡觉不熄灯岂不浪费灯油。如此想着便走去窗前向里一望，却见老爷与夫人双双倒卧在血泊之中。

"小人自窗口爬进屋内，想寻那钱匣。可寻了半天并未发现那钱匣踪影，却发现小人的镰刀丢在地上，上面满是血迹。小人心中明白，必是那姓吴的混蛋用镰刀杀死了主人与夫人，然后带着钱匣与马匹逃走了。"此时乔泰张口欲言，狄公摇头断然阻止。

"小人知道，人家会说是我裴九干的，"裴九嘟囔道，"人家会打小人，逼小人承认是小人干的，然后砍下小人的脑袋，这样我可怜的苏娘便没处安身了。小人越想越怕，于是便去仓房寻了辆推车，推至窗下，又把二人尸首从床上拖出。当时，那女人的尸首还有些热乎。小人把二人尸首从窗台上推入窗下推车内，然后把车推到桑树丛里，再把尸首藏在一堆树枝底下，随后便回仓房睡觉去了。当时小人打算待天明起个早，拿上挖土的铲子，再神不知鬼不觉地把尸首给掩埋了。不想次日清晨，天刚蒙蒙亮，小人回到桑园，尸首却不见了。"

"你说什么？"狄公叫道，"尸首不见了？"

裴九使劲地点了点头。

"尸首不见了。小人当时心想，定是有人发现了尸首，跑去告官了。那时小人赶紧跑回屋内，把那沾血的镰刀裹在老爷的衣服内，抓起夫人的长裙去擦床褥与地上的血迹。地上的血迹是擦干净了，可床褥上的血却怎的也擦抹不掉。没法子，小人便把床褥连同衣物等一并卷起，抱入仓房，藏在柴草堆下。小人又去叫醒苏娘，告诉她天放亮前便与我一起离家进城。小人所说句句是真，无有半句瞎话，大人！千万别对小人动刑啊！大人，小人真的没杀人哪！"

裴九说罢，趴在地上扑通扑通将头磕个不停。

狄公捋了捋胡须，对裴九道："起来，带我去那藏尸处看一看。"

裴九闻言，慌忙自地上爬起。乔泰探身于狄公耳边轻声道："大人，我等来蓬莱路上曾见过姓吴的那厮！问问这厮那些马匹是何模样！"

于是狄公命裴九说说他主人与那女人所乘马匹的模样。裴九说樊老爷骑的是匹灰马，樊夫人骑的是匹火炭色的马。狄公点点头，又示意裴九在前引路。

行不多远，便到了那桑园。裴九指着一堆桑树枝道："小人当初便是把主人与夫人的尸首藏在这堆树枝下的。"

马荣上前弯腰仔细察看这堆树枝。他从地上捡起几片叶子，拿到狄公面前道："大人，你看这上面的黑斑必是已干的血迹。"

"你二人即刻将桑园认真搜检一遍，"狄公道，"这狗头或许有所隐瞒！"

裴九急忙争辩说自己未有欺瞒，但此刻狄公并不予以理睬。狄公手捻颔下长髯，若有所思地对洪参军道："洪亮，恐怕此事非同一般。我等于赴任途中所见那人看去并不似那心狠手辣、敢以镰刀割断两人咽喉而窃款盗马之凶犯。那人看我时满脸茫然，并无惊慌之态。"

说话间，传来树枝折断的声音——马荣、乔泰走了回来。只见马荣兴奋异常，挥动手中满是锈迹的铁铲喊道："园中有处地方土质疏松，看去像是新近被人挖过！"

"将铲子递与裴九！"狄公冷言厉声道，"让这狗头自己挖他所埋之物！那地方在何处？带我去看！"

马荣拨开桑树丛，在前开道，众人紧随其后，穿行于树丛间。乔泰拽着裴九，裴九摇摇晃晃，心神不定地跟跄跟着。

马荣将众人引至桑园中一处空地，指指那土质疏松处。

"速速与我挖来！"狄公喝令裴九。

裴九木讷地向手里啐口唾沫，举铲开挖。不多时便见土中露出一点沾满泥土的白色衣料。乔泰与马荣一起上前从土里拖出一具男尸，将其放在地面干叶之上。众人见男尸约有四十上下年纪，头皮光光，仅穿一件单薄内衣。

"这是个和尚！"洪亮惊叫道。

"继续挖来！"狄公厉声喝道。

裴九又挖了一阵，忽地将铲扔下，气喘吁吁道："这便是樊老爷！"

马荣与乔泰上前从土坑中又拖出一具壮硕的裸体男尸。因尸首几乎分离，二人不得不小心翼翼地将尸首轻放在地上，但见尸体胸前有一片乌黑凝血。马荣见尸身肌肉发达，不禁赞道："这厮倒是十分强壮！"

"再挖那第三个死者！"狄公对裴九怒吼道。

裴九又将铁铲插入土中，但此次碰到了岩石，想来下面已无其他尸体。裴九停下铲子，不知所措地望着狄公。

"你将那女人如何处置？你这恶棍，快快从实招来！"狄公吼道。

"小人发誓，小人真不知晓！"裴九叫道，"小人当初只是将老爷与夫人的尸首运来此地，把他们藏在树丛下，从未在此埋过任何东西，也从未见过这秃头和尚！小人对天发誓，小人所说句句是真！"

"此处发生何事？"此时忽地自狄公身后传来一声文绉绉的说话声。

狄公旋即转身，只见身后站立一矮胖男子，此人身着华贵紫缎锦绣长袍，上唇胡须浓密，颊上、颔下三缕长髯直垂胸前，头戴一顶高冠，俨然一副博学绅士模样。此公扫视狄公一眼，遂十分恭敬地向狄公打躬作揖道："在下曹鹤仙，本地人氏，家有薄田少许，只为养家度日，平日但好诸子百家，略通天文地理。敢问大人即为新任县令否？"见狄公点头，他又继续说道，"方才老夫骑马偶经此地，听得路边一农人说衙门里人正在邻庄樊仲家，于是老夫便冒昧至此。不知有用得着老夫之处否？"说罢，便欲探头窥视狄公身后摆在地上的尸体。狄公上前以身体挡住其视线，说道："本县正在此调查一桩谋杀案。倘若曹公能委屈暂避，一旦此处事毕，本县便来与曹公相会。"

曹鹤仙闻言，只得作揖告退。

曹鹤仙退去之后，洪亮道："大人，此和尚身上未见有何伤痕，看去像是自然死亡！"

狄公道："今日午后，我等将于衙门内认真探究此事。"转身又问裴九道，"说，樊夫人长得是何模样？"

"大人，小的确实不知！"裴九呜咽道，"小人未见夫人是怎样到这庄上的，待小人发现夫人尸身时，夫人面上已满是血污了。"

狄公点点头，回身对马荣、乔泰道："乔泰在此看守这恶棍与这两具尸首，马荣去将路口士卒领入，在此伐些树木做两副木架，将这两具尸首抬运回衙，并将这裴九收监。但回府之前，先令裴九引你等去那仓房，将其所藏死者床褥衣物寻出，一并带回衙去。此刻我与洪亮先回庄上察看樊仲卧房，并审那姑娘，看有何线索可寻。"

狄公说罢，便与洪亮快步向庄内走去。将至路边，又遇见曹鹤仙，见他手持一根长长木杖，正小心拨开桑丛，缓缓向前行进。路边站着曹鹤仙的仆人，手牵一头毛驴等待主人。

狄公快步上前道："曹公，本县因公务繁忙，现欲往樊庄走一遭。待料理完公事，得空一定亲往贵府造访。"

曹鹤仙向狄公躬身深施一礼，三缕长髯迎风飘拂，十分惹人注目。只见他缓缓爬上驴背，将长拐横担于鞍前，双腿一夹，那毛驴便一溜小跑向前奔去，后面仆役也甩开两腿紧随其后。

"如此美髯，天下少有，真美髯公也！"狄公眼望曹鹤仙背影，不无赞叹地对洪亮道。

回至樊庄，狄公吩咐洪亮去唤那在田间劳作的姑娘，自己则先去樊仲卧房察看。

步入卧房，只见其中放着一张大床，床上空空荡荡，仅有木架与床板，并无被褥。靠墙有一张梳妆台，边上有两只木凳。进门处的角落里放着一张小巧几案，案上搁着一盏油灯。狄公仔细察看房中每一物件，查至那木床之时，忽见床头木架上有一深深刻痕。细细观之，见刻痕碴口洁净无垢，像是新近所为。狄公摇头沉思，慢慢走至窗前，见窗闩已断。才要自窗前走开，却见窗下地上有一白色纸包，狄公将其捡起打开，发现其中包有一柄女用廉价骨梳，上面镶有三枚圆形彩色琉璃片。狄公重又将骨梳包好，藏入袖内。狄公蹙眉沉思，觉得案情复杂，似有两个女人卷入其间。先前于路口茅屋内发现的绣花手帕属富家女子所有，而这柄廉价骨梳则显然是农妇之物。狄公心中犹疑不定，叹息一声，便向外屋走去。外屋内，洪亮与裴九女儿苏娘已等候多时。

狄公见苏娘不敢正视自己，像是十分惧怕的样子，便语气和缓地问道："嗯，苏娘，本县问你，你父说那日你为樊老爷炖了只味道十分鲜美的鸡，是吗？"

苏娘害羞地望了狄公一眼，脸上绽出微笑。

狄公又道："乡间饭食不比城里饭菜差。我想樊夫人必定十分爱吃你炖的鸡，是吗？"

闻听此言，苏娘不再微笑，反问道："她很傲气，不是吗？她坐在卧房凳子上，我给她请安，她却连头也不回，不是吗？"

"然当你收拾碗筷之时，夫人可曾与你说话？"狄公又问道。

"那时她已睡下。"苏娘毫不犹豫地答道。

狄公无可奈何地将了捋额下长髯，略停片刻又问道："不知姑娘可曾认得顾娘子，也就是邻庄曹公之女，前不久才嫁入城中顾家的那位姑娘？"

"我曾在田头远远见过她与她兄弟一二次，"苏娘答道，"人家都说她是个好姑娘，不像城里小姐那般难缠。"

"也罢，"狄公无奈道，"如今你为我指路，引我去曹公家走一遭。外面官府兵卒会借你一匹马骑。完事之后，你尚需陪我等一路回城，你父也将去城中，本县尚有要事相问。"说罢便令苏娘引路，急急向曹鹤仙家而去。

话说狄公与洪亮跟随苏娘来到曹鹤仙家。狄公抬头望去，见曹鹤仙家乃是一座三层塔楼，建于一片松柏掩映的小山丘上，心中颇感意外。三人来到塔楼之下，曹鹤仙已在楼下恭候多时。狄公吩咐洪亮与苏娘在门口小屋内暂歇，自己则随曹鹤仙入内。

走进楼内，狄公随曹鹤仙踏上一道狭窄楼梯，缓步上楼。曹鹤仙告知狄公，此塔楼年代久远，原是为瞭望军情所建，后为曹氏先人所有，曹家原本居住在城中，其做茶商的父亲亡故之后，他方将城中房产变卖，迁至此处居住，至今已有多年。曹鹤仙边走边道："或许大人会以为曹某怪癖——如何居住在塔楼之内。但大人到了楼上书房，便自会明白曹某迁居此处之用意。"

到了顶层八角形房内，曹鹤仙凭窗手指远处景色道："大人，此处视野开阔，可以远眺，遐想入云！此处亦是曹某书房，曹某可专心在此研习天文地理。曹某研习每有所获，心中便觉快乐！"

狄公赞许了几句，亦向窗外望去，一眼便望见北面那座破败的古庙，但那庙前小道却被一片树林遮蔽。观赏一阵后，曹鹤仙邀狄公在一张堆满书卷文稿的大书案旁就座。甫一坐下，曹鹤仙便迫不及待地问道："大人自京城而来，可知京城中人如何议论老夫学问？"

狄公在京城时从未听说过曹鹤仙的学说，但又不便令曹鹤仙扫兴，遂礼貌地敷衍道："听说京城里人多以为曹公之学说颇具独到之处。"

曹鹤仙听狄公如此说，心中十分得意。

"将老夫视为具有独到见解之人，倒是颇有道理。"曹鹤仙踌躇满志地说道，并起身提起桌上一把大茶壶为狄公倒了一杯茶。

"不知曹公是否想过，"此时狄公开口问道，"贵府千金可能遭遇不测？"

闻听此言，曹鹤仙面上似有愠色。只见他小心地理了理垂至胸前的长髯，然后面容严肃地答道："大人有所不知，小女除令老夫烦恼之外，从未给老夫带来任何乐趣！老夫潜心于学问，需心灵宁静，不应受到干扰，但小女却总是干扰老夫之清静。老夫曾亲自教小女读书习字，但却未料小女总好阅读那些不该阅读之书。她好读史书，大人，竟会是史书！那些书上除了记载一些无知前人的悲惨经历外，别无他物。简直是虚度光阴！"

"然而，"狄公谨慎言道，"人们有时亦可从前人之过失中吸取教训。"

"哼！"曹鹤仙颇不以为然。

狄公并不介意曹鹤仙的态度，语气和缓地继续问道："敢问曹公何以要将小姐嫁与顾孟彬？我听说曹公一向轻视佛教，以为佛教乃是愚蠢无知的盲目崇拜，对此我亦有同感。然顾员外却是个十分虔诚的佛教信徒。"

"哈！"曹公大声道，"小女婚嫁之事原先老夫并不知晓，此皆是两家妇人所为。大人须知，所有的妇人皆是愚人！"

狄公深感与曹鹤仙谈话有些海阔天空、漫无边际，但仍决定继续下去，遂又问道："不知小姐是否认识邻庄樊仲？"

曹鹤仙挥了挥手臂，断然否认道："大人，老夫如何知晓那等事！或许小女曾见过此人一面。上个月，那蛮横的不学无术之徒曾到此与老夫理论地界之事。大人，你想，我，一个精通天文地理之人，却要去讨论地界之事？真是匪夷所思！"

"我以为，学问、地界二者皆是有用之物。"狄公淡淡言道。

曹鹤仙迷惑不解地看了狄公一眼。

狄公若无其事地继续道："此屋满墙皆是书架，然却有架无书，不知曹公之书皆在何处？我想曹公之书定不会少，必是收藏于别处。"

"老夫确有许多书籍，"曹鹤仙淡然答道，"然老夫书读得愈多便愈糊涂。老夫喜好读书，是的，然却深感读书只会被世人的愚昧无知所迷惑，故而每阅一人书籍，知晓作者所言之后，便将此人所著书卷悉数送与京城的堂弟曹奋。老夫这个堂弟，大人，老夫实在羞于启口，太乏独立思考能力，是个毫无主见之人，实在是悲哀之至！"

此时，狄公模模糊糊记起自己在京城时曾见过曹奋，那是在好友侯钧家中的一次酒宴上。此人亦是大理寺官员，平日极好收藏古书。想至此，狄公习惯性地抬头欲要捋须，因见曹鹤仙亦在捋须，且神态高雅，便停住手，心中甚感不快。

曹鹤仙背靠椅背若有所思地徐徐言道："现老夫为大人做个概述，老夫会尽量说得通俗易懂，当然啰，老夫所要述说之事皆是有关老夫学理之事。首先老夫欲要讲述的是，老夫以为天地……"

狄公迅速起身，断然道："本县十分遗憾，因府内尚有许多要紧公务需回去办理，故此不得不暂且告辞，相信日后不久便有机会继续聆听曹公之高论。"

曹鹤仙无奈，只得起身送狄公下楼。分手之前，狄公对曹鹤仙道："衙门午间尚要升堂断案，该案内有人与曹公之女失踪一事有关，本县欲在堂上审问相关之人，不知曹公有无兴致前往聆听。"

"大人，恕老夫直言，老夫若去听审，难道不做学问了不成？"曹鹤仙反问道，言语中不无责备之意，"老夫确实不能为这等俗事所搅扰，此必会令老夫心旌动荡，无法不偏不倚思索天地间之高深哲理。何况那顾孟彬不是已娶了老夫女儿了吗？老夫女儿之事如今概由顾孟彬担待。此亦是老夫学理中一重要原则：凡人自有天命，亦自会顺应天命，故只需听天由命，他人不必多加干涉……"

狄公不待曹鹤仙将话说完，便道："告辞，留步。"说罢便翻身上马，策马离去。洪亮与苏娘亦赶紧上马跟随。

三人下了山丘，松林间忽然闪出一个美貌少年，拦在马前打躬行礼。狄公见状，急忙将马勒住。少年急切问道："敢问大人可有我阿姊消息？"

狄公摇头不语，面色凝重。少年懊丧地用掌击打腿部，不假思索地迅速说道："此事全怪我疏忽大意！大人，万望找寻我阿姊行踪！她骑得好马，射得好箭，从前我二人总在一处玩耍。阿姊聪慧过人，本不该是女儿身，而应是个男儿。"少年停顿片刻，然后又道，"我二人皆喜欢此地，可父亲却总要谈论城里。自从父亲输了钱之后，他便……"说到此，少年担忧地朝塔楼方向瞟了一眼，紧忙道，"大人，也许我不该打扰您，倘若父亲知道，会生气的！"

"不必过虑，你并未打扰本县！"狄公连忙安慰道。狄公心中十分喜爱少年的友善态度，微笑地问道："你阿姊嫁人后，你一定颇感孤独吧？"

少年低头不语，过了好一阵方才说道："大人，比起阿姊来，我却要好得多。阿姊曾与我说，她不甚喜欢姓顾的那人，但女大当婚，不得不嫁，且父亲也定要阿姊出嫁。阿姊想，反正都是要嫁人，则嫁与姓顾的又有何不可？因此便答应了。阿姊向来心胸豁达，因此总是那般快乐，喜欢言笑！不过，那日她回到家中，看去却是愁眉锁眼、闷闷不乐的样子。她不愿与我谈她婚后的生活。大人，阿姊会出什么事吗？"

"本县定会尽力找寻你阿姊的行踪。"狄公顺手从袖中取出自樊仲田庄茅屋内发现的那块绣花手帕，问少年道，"此帕可是你阿姊之物？"

"我不知此帕是何人之物，真的不知，大人。"少年笑答道，"女人的东西在我看来几乎一样。"

狄公又问道："那樊仲常来此处吗？"

"他只来过我家一次，"少年答道，"那是他为一件要紧事需见父亲才来的。不过有时我在野外也能见到他。我倒是挺喜欢他的。他身强力壮，射得一手好箭，有一回，他还教我如何做弓呢！比起衙门里姓唐的来，我更喜欢樊仲。姓唐的那老头常去樊仲田庄，他看去总是那般古怪，难以捉摸！"

"好吧，"狄公道，"一旦有你阿姊消息，我便会尽速告知你父。就此告辞了。"说罢，打马向城中方向而去。

回至府中，狄公便命洪亮将苏娘带去门房暂歇，待午间升堂时再将其带入堂内听审。

且说马荣与乔泰自离了狄公，按狄公之命将诸事办妥，便早早回至府中，此时正在狄公书斋内等候。二人见狄公回来，便一起迎上前去。马荣禀道："我二人在仓房中寻着了那包卷有血衣的被褥，还有那柄镰刀。那女人的衣裙与顾孟彬所言相符。我差一名衙役去白云寺，叫他们派人下山来此查验是否认得那死和尚。仵作沈郎中如今正在验尸。那个乡巴佬裴九已被我与乔泰关押在牢里了。"

狄公听罢略点了点头，问道："唐主簿回衙否？"

乔泰禀道："我们已派一名衙役去唐主簿的住处，告其樊仲之事，想必他即刻便会到来。大人，从那姓曹的胖老头处有何发现？"

狄公听乔泰询问，颇感惊喜。这是他第一次见他们提问，知其二人已喜爱上衙门内事务。

"所获不多，"狄公答道，"那曹鹤仙是个自欺欺人的迂腐之人。其女极有可能在婚前便与樊仲相识，其子以为其阿姊嫁与顾孟彬并不幸福。至今我对此案尚未理出头绪，或许待审过裴九与其女苏娘之后，会有新的发现亦未可知。我今即给州府刺史大人写封书信，请其张榜通缉捉拿樊仲侍从吴兔。"

"只要那厮敢卖那两匹马，官家便能抓着他。"马荣道，"因马贩们相互皆有联系，与官家也有关联。且马匹身上皆烙有标识，可识得是谁家之马，所以要想盗马出售对新手来说绝非易事。我一向听得旁人这么说！"

狄公听马荣如此说，面露喜色，迅即提笔疾书，瞬间写就一封书信。命一书吏誊抄一遍记录在册后，便差一名衙役骑马送往州府。

诸事办妥，时间已到正午时分，只听得外面升堂鼓响，马荣急忙为狄公穿上官服。

樊录事为人所害，其尸体被发现的消息早已传遍全城，此时衙门大堂外挤满了来看热闹的百姓。

狄公升堂就座，传令狱卒将嫌犯裴九带上堂来。裴九跪于堂下，狄公命其将樊仲被害那日之事再细细述说一遍。书吏在旁记录。待裴九说完，书吏将所记口供当堂大声宣读。裴九承认所记无误，边上衙役递过笔砚，裴九画押后又捺上指印。

狄公开口道："裴九，即便你所说句句是实，你亦是有罪之人，因你发现案情后非但未主动禀报官府，反欲隐瞒实情。故于此案未破之前你将暂被收监关押。现传仵作上堂。"

当下裴九被狱卒带下堂去。沈郎中走上堂来。

沈郎中跪于堂下，正色言道："禀报大人，在下仔细查验，今证实死者之一确为本衙录事樊仲。经验查，樊仲死因乃为一利器割断喉管所致。而那和尚经白云寺监院慧鹏证实，乃是白云寺赈济僧智海。经验查，其尸并无伤痕，未见有任何遭受暴力之痕迹，亦未发现中毒迹象。在下认为，智海之死可能为心跳猝然停止所致。"

沈郎中说罢，起身将尸格递与狄公。狄公令其退下，又命人将裴苏娘带上堂来。

洪参军将苏娘带上。此前苏娘已将头脸梳洗整洁，此刻满脸怯色低头不语，看去竟也楚楚动人，颇有几分姿色。

马荣悄声对乔泰道："我没告诉你这姑娘长得标致吗？我早说过，女人下了河，乡里的、城里的一个样！"

且说苏娘跪于堂下，见大堂上下两旁这等威严阵势，心中不禁慌张起来，不知如何应对才是。狄公好言耐心询问，方使之渐渐平静下来，又将那日樊仲与那妇人之事述说了一遍。待其说完，狄公问道：

"那日以前，你曾见过樊夫人否？"

苏娘摇摇头。

狄公又道："然则你又如何知晓你所服侍的妇人便是樊夫人无疑？"

"他二人睡在一张床上，不是吗？"苏娘答道。

此言一出，立时引得堂下人群发出一片哄笑。狄公将惊堂木重重一击，怒喝道："肃静！"人群霎时又鸦雀无声。

苏娘低下头，一脸窘态，不知如何是好。

忽地狄公眼光落在苏娘头上插的骨梳之上，心中一动，便从袖中取出在樊仲卧房内捡到的那柄骨梳，对照一番，竟与苏娘头上那柄一般模样。

狄公手持骨梳问道："苏娘，你抬头看这骨梳。此梳是本县在田庄附近捡到的，你看是你的不是？"

苏娘抬头一望，顿时眉开眼笑。

"啊呀，他还真买着了一个！"苏娘情不自禁地言道，圆脸上现出满意的微笑。忽然间苏娘又像是意识到什么，急忙以袖掩口，脸上又现出惧怕的神色。

"此是何人为你而买？"狄公语气和缓地问道。

苏娘眼内泪花闪烁，哽咽道："若是父亲知道了，定会打我！"

"苏娘，你看，"狄公道，"如今你是在衙门公堂之上，故而必须回答本县问话。你父裴九现有官司缠身，若要解脱其官司，须是你说出实情，或可解救你父，否则你父少不得要吃官司。"

苏娘固执地摇头拒绝。

"这事与我父、与大人皆无关系，"苏娘执拗地说道，"我不告诉你。"

"说，不说便打！"边上班头举鞭呵斥道。苏娘吓得浑身一颤，尖叫一声，继而便撕心裂肺地尖声哭泣起来。

"住手！"狄公喝止班头，然后回头望向马荣、乔泰。马荣明白其意，朝狄公拍拍胸脯。狄公犹豫片刻，朝马荣点了点头。

于是马荣快步走下台阶，去苏娘耳旁低声言语一番。只见苏娘迅即便止住啜泣，连连点头答应。马荣在她背上轻拍两下，又在她耳边低声言语了数句，回头望望狄公，便又回到先前站立之处。

苏娘以袖擦去脸上泪水，抬头望着狄公，便开始述说起来。

"约莫一个月前，我与阿光一起在地里干活，他说我眼睛生得好看。我与他去仓房喝粥，他又说我头发长得美。那日父亲恰好去城里贩货，不在家，因此我便与阿光上了阁楼，后来……"苏娘说至此，略停片刻，继而头一甩，勇敢地说道，"后来我二人便去了阁楼！"

"我知你意。"狄公道，"然则阿光又是何人？"

"难道大人不知道阿光？"苏娘惊问道，"人人都认识他！阿光到处干活，只要谁家地里有活，他便去谁家帮工干活。"

"他可曾要你嫁他？"狄公又问道。

"他问过我两回。"苏娘答道，得意之情溢于言表，"但我说不，决不！'我要嫁个有自己土地的男人。'我这样对他说。不久前，我还叫他不要在夜里偷偷摸摸地来看我。今年秋天我便十八岁了，如今我要想想将来的事。阿光说他不在乎是不是同我成亲，但若是我喜欢上了别人，他便要割断我的喉咙。人家说他是个盗贼、二流子，可他却是真心喜欢我，这是真的！"

"然则这柄骨梳又是怎么一回事？"狄公又问道。

"这是他为我买的。"苏娘道，脸上又现出满意的笑容，"上回我与他相会时，他说要送我一样东西，好叫我见物思情，时时想着他。我想要难为他一下，便告诉他我想要与我头上戴的一般模样的骨梳。他说即便寻遍全城也定要为我寻到一个。"

狄公闻之，频频点头。

"我已知之。苏娘，"狄公道，"你在城中可有暂居之处？"

"我姨母住在码头附近。"苏娘道。

狄公遂命洪亮将苏娘带下堂去，又侧头问班头："那阿光是何许人也？"

"回禀大人，此人乃是个痞子。"班头道，"半年前，此人曾因打伤一名老农并抢夺其钱财，被衙门重责了五十大板。两月前，西城门边一伙赌徒聚赌，因分赃不均而争执起来，一名店主被杀，我们亦怀疑是他所为。此人四处流浪，无固定住所，每日只是睡在路边林中，或是睡在人家仓房中，随处寻点活干，赚点小钱混度时光。"

狄公靠在椅上，把玩手中骨梳。沉思良久之后，他挺直身子宣布道："本县亲自检视过犯罪现场，且听了方才证人所言，今断定樊仲与那身穿顾氏服饰之女子被杀于本月十四日夜间，乃是无业流民，人称'阿光'者所为。"

狄公说罢，人群中立时发出一片窃窃私语声——对狄公如此断案甚感不解。

狄公将惊堂木一击，堂下立时肃静。狄公又道："需要释明的是，樊仲之随从吴兔乃是第一个发现主人被害之人。他见主人已死，便将主人钱箱盗走，又将主人与那妇人所骑两马据为己有，然后便趁夜黑无人逃之夭夭。本衙将张贴布告，必要将罪犯阿光与吴兔抓获归案。"

"本衙还将竭力查实与樊仲一起被害之妇人究竟是何许人，且要查出其尸所在。此外尚须追查智海和尚与此案之关系。"

狄公说罢，随即举起惊堂木向案上重重一击，宣布退堂。

狄公回到书斋，便对马荣道："你此刻速去探视裴苏娘是否已安全去往其姨母家中。一个女人失踪已引来诸多麻烦，故万不可再失踪一个。"

当下马荣便领命出衙。

马荣走后，洪亮将一杯热茶递与狄公，蹙眉不解道："大人方才于堂上所言，我仍有疑惑。"

"我也不解大人之意！"乔泰也道。

狄公将茶饮尽，不慌不忙道："其实当初我听罢裴九所言，心中即已将吴兔排除在谋杀者之外。倘若那吴兔真欲谋财害命，自可在来去田庄途中无人处暗中下手，如此不但更易为之，且不易为人发觉，何必要在田庄内施行谋杀而让人怀疑是他所为呢？再者，吴兔乃城里人，惯用刀剑而不惯用镰刀，镰刀对他而言显得笨拙且易误事。此外，只有曾在那田庄中劳作过的人方知镰刀放置何处，方能于夜晚黑暗之时将镰刀摸到手中。"

狄公稍顿又道："吴兔发现主人被害之后，因惧怕被牵连，且因贪婪，发财心切，便心生邪念，窃取钱箱及马匹逃之夭夭。"

"大人所言确实有理，"乔泰道，"但我仍有一事不解，为何阿光要去谋杀樊仲？他与樊仲前世无怨，今世无仇，又不要其钱财，如何又要杀他？"

"此乃误杀。"狄公答道，"阿光曾允诺为苏娘买骨梳，当其买到骨梳之后便于那日晚间去田庄与苏娘相会，满心想以骨梳讨得苏娘欢心，答应与其同床共衾。在去仓房途中，路过樊仲卧房时他见屋内亮着灯烛，心生疑惑，于是推窗观望，昏暗中见一对男女卧于床上，未及细辨，便以为是苏娘有了新欢。阿光向来品行不端，又兼性情暴戾，见此光景，怒从心起，随即去那农具箱内取出一把镰刀，回至卧房窗外，跃窗入室，割断二人喉管。行凶之际，阿光不慎将骨梳失落于屋内窗下，今日为我所得，终成破案线索。然我尚无法断定阿光是否知晓其误杀他人。"

"我以为阿光那厮可能已知误杀他人。"乔泰道，"我知这等人脾性！不窃得些财物便不会离去。他必是发现那被杀女子不是苏娘，方才不顾一切慌忙逃离。"

"可那女子究竟是何人？"洪亮问道，"那和尚又是如何一回事？"

狄公浓眉紧锁，思虑片刻道："此事我亦心中无数。那女人之衣裙、那火炭色马及其失踪时间，一切均似乎与顾夫人相关。然则与顾夫人之父及兄弟交谈之后，我已对其品行有所了解。若说顾夫人于婚前婚后始终与樊仲那等品行不端之人有染，实在不合情理。再者，即便那曹鹤仙确是个自私自利之人，我仍以为其对女儿命运不闻不问，丝毫不予关心之状，实在有悖常理。故此我总感到那被害女子并非顾夫人，亦觉曹鹤仙似乎有所隐瞒，并非全然不知底细。"

"不过我仍有一事不明。"洪亮道，"那女子始终不愿与裴九及其女儿苏娘正面相见，似不愿被人认出，此又似乎说明该女子即是顾夫人无疑。因其兄弟曹明曾说从前时常与阿姊去野外玩耍，想必裴九与其女苏娘曾见过顾夫人，故而顾夫人去了樊仲家便不敢与之正面相视，想是怕他们认出自己来。"

"言之有理。"狄公叹道，"裴九只在此女子被害之后见到其面，然因血污其面而无法辨认，或者真为顾夫人亦未可知。至于那和尚，我想午饭之后亲自往白云寺走一遭，再打探些底细。洪亮，你去传令属下预备官轿。乔泰，今日午后你与马荣同去搜捕阿光。昨日你二人曾说要为我捉拿罪犯，今日时机来临，看你二人能否办到！此外，当你二人搜查之时，顺便亦可去那破庙里搜寻一番，说不定那妇人之尸便埋藏于彼处亦未可知。窃尸者不可能将其尸首移送远处。"

乔泰闻言，立时起身，自信地说道："大人宽心，我二人定将阿光拿获归案！"说罢拜别狄公，转身离去。

此时已是午时三刻，一名仆役端来饭菜，狄公方欲食用，忽又见乔泰快步折回。

但见乔泰进门便道："大人，方才我途经牢房，偶然向那停尸房内扫视一眼，恰好见着唐主簿坐在樊仲尸身旁，拉着那死人之手泪流满面。我想起那独臂店主曾说过唐主簿此人并不一般的话，看来确实如此。大人，此刻唐主簿正在悲伤，那样子令人不忍卒睹，您最好当下别去那里。"

说罢便再次拜别狄公而去。

十一

▼

午饭吃罢，狄公即刻上轿出发。一路上，狄公一言未发，直至走过了东城外溪涧上的虹桥，前方见到白云寺之时，才与洪亮就眼前迷人的景观评说了几句。前次因是夜间潜往，并不曾留意白云寺景致，今番白天前往，但见那白云寺前立着一座通体汉白玉雕砌而成的高大牌楼，楼顶由蓝色琉璃瓦铺就。整座庙宇依傍青翠大山，真是美景如画，风光这边独好。

轿夫们抬着轿子穿过牌楼，走上白云寺前宽阔的石阶，进入寺内，将轿子停放在一处周围廊房围绕的大天井内。寺内一名老僧见官轿驾临，连忙出来迎接。狄公下轿，将一张大红名刺递与老僧。老僧接看后道："此刻方丈正在禅房打坐念佛，大人可随贫僧前往。"

狄公等跟随老僧穿过三处院落，每个院落均坐落于高台之上，背靠青山，相互间都有石阶相连。

狄公一行来到第四个院落后，走上一段陡峭石阶。上了石阶，狄公见一条曲径通向一块长满青苔的高大山岩，但听山岩处传来淙淙流水之声。

狄公问那引路僧人道："此处有泉？"

僧人道："是的，大人。四百年前，本院开山祖师在此发现弥勒圣像，此处山岩下便涌出清泉，至今不断。如今圣像便供奉在山涧对面的山洞之内。"

此时狄公才见曲径与山岩之间有一条约一丈来宽的小山涧，上架一座狭长木桥，通往一个幽暗岩洞。

狄公走上小桥，向下望去，只见桥下山涧有数丈之深，一道清澈湍流涌流于乱石之上，习习凉风自山涧下吹来，令人感到神清气爽。

过了桥，便是岩洞入口，里面有一座金色佛龛，前面罩一块红绸幕布，显见即是收藏弥勒圣像之处。

"大人，长老禅房便在此路尽头。"引路老僧手指前方不远处掩映在参天古木中的一座飞檐小屋说道。老僧言罢便先去通报方丈，不一会儿又自小屋内走出，恭请狄公入内。洪参军坐于屋外石凳上等候。

狄公步入禅房，见屋内正面靠墙处摆放着一张乌檀雕就的坐榻，上铺猩红褥垫，其上趺坐着一位矮胖高僧，身着硬质金黄织锦袈裟。不需询问便知此高僧即是白云寺方丈海云。

方丈见狄公入内，合掌向狄公打一躬，便请狄公于榻侧一张檀木椅上就座，并将狄公递与的名刺恭敬地摆放在榻后佛龛供案之上。

狄公边坐边环视屋内，见屋壁四周悬饰几幅帛画，绘的都是佛祖故事。屋内弥漫着一股浓郁的奇异香味。

此时，引路老僧又回至屋内，将一张花梨木小茶几放于狄公椅边，又为狄公沏了杯上好香茶。那方丈待狄公品尝过几口香茗之后，方启口言道："老衲本欲明日即前往衙门拜谒县令大人，不意今日大人便先来敝寺，心中实感惭愧之至。承蒙来访，不胜荣幸，不胜荣幸！"

方丈慈眉善目，直视狄公。虽说狄公笃信儒学，却向来也对佛学有所偏爱。狄公见面前方丈目光炯炯，声若洪钟，彬彬有礼，庄严可敬，心想，这方丈倒也是个人物。狄公客气地赞叹了一番白云寺庙宇的巍峨壮观、景致的幽雅迷人。

方丈手捻念珠道："阿弥陀佛，此皆弥勒佛祖垂怜之功。四百年前，弥勒佛祖曾显灵于此，留下五尺白檀坐像化身一尊。本院祖师当时于岩洞中发现此像，因此建寺于此，祈求弥勒佛祖保佑东土众生与海上商旅，数百年来，灵验无比。"说罢，放下手中琥珀念珠，又念了几声佛，然后又对狄公道，"再过几日，本寺便要举行弥勒圣像开光大典，届时老衲欲请大人赏光，不知大人意下如何？"

"承蒙邀请，本县颇感荣幸。"狄公欠身道，"敢问这开光盛典究竟是如何一回事？"

方丈道："此事由施主顾孟彬居士发起。前不久，顾员外请本寺准其复制一尊真人大小弥勒圣像，与本寺内的一般模样，说是要献给京城佛教圣地白马寺内供奉。为此，顾员外不惜耗费巨资，聘请本地佛雕第一高手方神匠，临摹本寺圣像，精确量度圣像尺寸。听说方神匠在顾员外府邸内按其所绘图样及所测尺寸，以香柏木精心雕刻，历时近一月方才告竣。这期间顾员外待方神匠有如上宾，圣像雕成后，顾员外又举办盛宴款待方神匠。这尊香柏圣像盛放于雕饰精美的花梨木箱内，今晨顾员外已将其送来本寺。"

这胖方丈边说边频频点头，笑容可掬，十分满意的样子。对其而言，此事无疑是桩大事。

方丈少歇片刻，继续言道："一旦选定吉日，本寺即要庄严举行此尊香柏圣像开光盛典。本地守捉使业已获准派遣一支骑兵专程护送圣像赴京。待吉日确定，老衲必会事先告知大人。"

"长老，黄道吉日已经算定。"此时狄公身后忽有一人说道，"经测算，明日晚间二更后紫气东来，此时大吉大利，举办典礼最为合适不过。"

狄公回头见是一名僧人，个子颇高，瘦削精干，趋前合掌向狄公行礼。长老向狄公引见道："此位是本寺监院慧鹏。"

"莫非便是今日曾去衙门鉴证死亡和尚的那位师父？"

慧鹏表情严肃地点头答道："正是贫僧。此事着实令人迷惑不解。不知何故，本寺赈济僧智海要在那日晚间去如此之远的乡村。此事唯一的解释似乎是智海为当地某户农家所请，前往行善布施，路遇歹徒抢劫被害。不知大人是否已有线索？"

狄公目视慧鹏，右手抚须道："本县以为，此案中必有另一人插足，如今此人尚未暴露。此人企图隐藏与樊仲私通女子之尸，使之不为人知。想必那日贵院赈济僧智海师父于城西恰与此人相遇，此人欲抢夺其僧袍以裹挟女子尸身。故而发现智海师父遗体时，仅见其身着内衣而无外袍。本县自思当时二人曾有过一番扭打，智海师父因惊惧恐慌，心跳骤止而亡。"

慧鹏闻言，点头称是。稍后又问道："敢问大人，曾见智海尸身旁有根禅杖否？"

狄公低头思虑片刻，然后斩钉截铁道："未曾见有什么禅杖！"此刻狄公心中猛然忆起在樊仲田庄挖掘尸体时的一个细微情节。当时曹鹤仙于桑园中突然出现时，其两手空空，未持一物，可当自己离开桑园赶上曹鹤仙之时，却见其手中持有一根长长的拐杖。

此时慧鹏亦想起一事，对狄公道："今日幸得大人到此，小僧得有机会向大人禀告一桩案情。昨夜曾有三名歹人闯入敝寺，守门僧人见他们越墙逃去，即刻召集僧众，欲要捉拿，不想待抢出寺外时，那三名歹徒早已遁入山林，杳无踪影。"

"本县将会尽快调查此事。"狄公从容言道，"那守门僧人可曾看清那三人是何长相？"

"当时天色尚黑，未尝看清。"慧鹏道，"但据门僧禀报，那三个强盗皆身材高大，其中一人满脸短须。"

"倘若那守门僧是个机警之人，想必那三人不难擒获。寺内可有何贵重物品失窃？"狄公面色严峻地问道。

"大概因不熟悉敝寺内情，"慧鹏答道，"他们只去了后殿，而彼处仅停放着几具棺木而已！"

"真是万幸！"狄公对慧鹏道。转身又对方丈道："承蒙方丈款待，不胜荣幸。明日晚间本县定来贵寺参加盛典。今日时辰不早，不再打扰。"

狄公说罢，起身揖别。慧鹏与那引路老僧引着狄公与洪参军穿过几座大殿，回到停放官轿处。狄公登轿，率众离寺而去。

行不多时，狄公一行便已抵达虹桥。狄公见天时尚早，便对洪亮道："估计马荣、乔泰日落之前无法赶回，我等还是先不回衙，且绕道去北门外船坞、码头边巡视一番。"

洪亮即刻传令轿夫穿过城中热闹地段，向北而行。

出了北门，便见一派繁忙喧闹景象。船坞内立着好几艘大船，大船两边均以粗大木柱支撑，船上船下有无数工匠，都打着赤膊，只穿短裤，正干得热火朝天，喝令、喊号、锤打之声不绝于耳。

狄公从未见过船坞景象，不觉为眼前壮观情景所吸引，遂吩咐停轿，下轿步行于人群之中，兴致盎然地左顾右盼。走至船坞尽头，见一艘平底大船歪斜于一边，六名工匠正在船下燃烧麦草。又见顾孟彬与管事金桑正站立一旁与一名工头说话。

顾孟彬忽见狄公与洪参军到来，慌忙将工头打发离去，一瘸一拐地迎上前来。狄公好奇地向他询问那六名工匠为何在船下放火烧船一事。

顾孟彬解释道："此是顾某的一艘海船，这几名工匠将其倾倒，为的是用火烧去龙骨上黏附的水草与贝壳之类杂物，此类杂物不除，船行海上便要影响航速。待烧过之后，工匠们尚要用刀将残余杂物刮净，然后重新填缝，整修一新。"

狄公边听边走近船旁观看，顾孟彬伸手拉住狄公手臂道："大人，切莫近前！数年前，顾某即是因为靠近船旁，一根船木为火灼烤而松落，恰好砸在顾某右腿之上，伤及腿骨，至今未能痊愈，为此不得不用这根竹杖支撑行走。"

狄公见顾孟彬手中竹杖乃是由上好斑竹制成，不禁赞道："好一根精美竹杖！斑竹乃南方稀有之物，甚是难得。"

"确是如此。"顾孟彬听狄公赞其手杖精美稀有，心中欢喜，便道，"此杖光洁亮丽，十分好看，但斑竹细瘦，不堪重负，故而在下不得不将两根竹杖并箍在一起使用。"顾孟彬说至此，稍停片刻，又低声言道，"今日午间大人坐堂之时，在下也曾在堂下旁听，当时大人之言着实令在下心中烦躁不安。顾某娘子所为实在令顾某羞惭难当，真是有辱家风，有辱家风啊！"

"员外切莫过早下此断言。"狄公道，"我曾郑重宣布须查清验明亡妇身份，故现下断言为时尚早。"

"大人明鉴，顾某万分钦佩！"顾孟彬忙道。说罢又扫视一眼身边的金桑与洪参军。

这时狄公从袖中取出那块白绸绣花手帕，问顾孟彬："不知员外认得此帕否？"

顾孟彬粗略一看便道："此是顾某赠与娘子之物，大人在何处获得？"

"偶于路边拾得，离那废弃庙宇不远处。"狄公道，"我以为……"说至此，狄公忽地记起自己忘了向白云寺方丈打听破庙之事，遂问顾孟彬道，"员外可曾听说那废庙的传言？听人言，那里常有鬼魅出没，我以为纯粹是一派胡言。然若是真有人于晚间往返其间，本县倒要严查深究，看究竟是何人作怪！此事极有可能是白云寺某些恶僧所为！此亦可解释何以会有白云寺和尚在樊仲田庄附近出现，想来他是正要回白云寺去！看来我今日还须再往白云寺走一遭，向寺内方丈或慧鹏请教此事。对了，有一事正好顺便告知员外，方丈曾于本县面前夸赞员外虔诚礼佛，耗费巨资复制圣像之事，且今已定下明日晚间举行隆重的圣像开光庆典，届时本县亦将欣然前往。"

顾孟彬向狄公深施一礼，然后道："大人难得到此，必得用过餐再走，还请大人赏光！码头尽处有家酒馆，清蒸螃蟹最是有名。"回头目视金桑道，"你在此料理，你该知晓需做何事！此刻我与县令大人去那酒馆用餐。"

此时狄公颇想即刻便回白云寺去，怎奈顾孟彬盛情相邀，欲辞不能，转而寻思，与顾孟彬长谈或许会有新的发现，于是回头吩咐洪亮先回衙门，自己带着轿夫跟随顾孟彬向码头尽处的酒馆走去。

此时已是申时。狄公随顾孟彬来到那坐落于河边的酒馆门前。抬眼望去，这原是一座造型优美的水榭酒馆。酒馆四边围以红漆栏杆，飞檐角上皆悬挂彩灯，门口有两名侍者站立两旁。狄公二人坐在近栏杆处，享受河面吹来的习习凉风，欣赏着河上频繁往来的船只，但见只只船尾悬挂彩灯，煞是好看。

不一刻，侍者摆上银箸、佐料，旋即端上一大盘清蒸红蟹。顾孟彬掰开几只递与狄公。狄公用箸揀出蟹壳内雪白蟹肉，蘸了蘸碟中拌有姜末的酱油，送入口中，觉得味道极其鲜美。品尝一小盅黄酒之后，狄公对顾孟彬道："方才我二人说话之间，员外似乎十分肯定，樊仲田庄里那女子即是员外之妻。只因当时金桑尚在，故此我不便多问。不知员外有何理由怀疑娘子不忠？"

顾孟彬闻言，顿时眉头紧锁，低头沉思良久方道："大人，在下与一名教养迥异之女子成亲乃是天大的错误。顾某虽富甲一方，却并不曾读得多少书，因此心中羡慕读书人家，一心要娶书香门第之女为妻，以为可光宗耀祖。如今想来实在愚不可及。虽说我二人新婚仅三日，但顾某却知娘子心中并不愿与顾某婚配。顾某竭力讨之欢心也无济于事。这几日，她竟是不愿多说一语。"说至此，顾孟彬突然悲哀地说道，"她因自己学识教养好于在下，故而觉得在下配不上她。在下自思或许她与那樊仲早有往来……"

顾孟彬嘴角抽搐，说不下去，顺手拿起酒盅一口将酒饮尽。

"作为局外人，"狄公开口道，"很难评说夫妻之事，此正所谓'清官难断家务事'。我承认，员外有充分理由怀疑自家娘子，然而我个人却实难断定那与樊仲私通之女子便是员外之妻，甚至亦不能肯定员外之妻真的已被杀害。说及员外之妻，我想员外应比狄某更加清楚其人际交往；倘若员外忆起些什么，还望及时告知于我。此事关乎员外家眷，员外须多为自身着想。"

顾孟彬迅速地瞥了狄公一眼。狄公以为他已意识到事情之严重性，可顾孟彬却平静地说道："大人，顾某所知均已告知大人了。"

狄公闻言，随即起身。

"我见河面雾气渐浓，"狄公道，"天色不早，该上路了。多谢员外盛情款待！"

顾孟彬引狄公上轿，二人相互揖别。轿夫们抬着狄公自北城门入城，穿过城中数条大街，沿原路又折向东城门而去。此时轿夫们个个腹中饥馁，皆快步而行，意图速速抵达白云寺，好讨碗饭吃。未几，狄公一行便抵达白云寺。门口僧人见狄公又乘轿归来，不禁好生惊讶。

轿夫们将轿停放在前院内。狄公下得轿来，见此院内空无一人，只听得大殿内传出单调却响亮的诵经声。显然，此刻僧人们正在做晚间的功课。

此时，从殿内走出一名年轻气盛的小和尚，上前迎接狄公，称方丈与慧鹏监院正在大殿内率领众僧晚间诵经，暂不能出外迎接，请狄公先去长老禅房内饮茶稍候。

狄公遂跟随小和尚悄无声息地穿过寺院。将及后院，狄公忽然止步叫道："后殿起火了！"

但见后殿院内火光熊熊，一股浓烟汹涌翻滚，冲天而起。

小和尚见狄公惊诧，笑将起来。

"那不是着火，是要将死去的智海火化。"小和尚道。

"我从未见识过火化，想来一定十分壮烈，此番正好看个究竟。"说着便要往那烧火处去，小和尚连忙伸手拽住狄公臂膀。

"外人不可观看火化仪式，这是寺规！"小和尚道。

狄公甩开小和尚的手，厉声道："小子怎敢如此无礼！本县念你年轻无知，且饶恕于你。休要忘了，此时你是与本地父母官说话！只管前面引路便是，莫再多言！"

小和尚不敢阻拦，只得乖乖引着狄公去那后殿观看火化。

白云寺内的焚化炉（高罗佩　绘）

来到后院，狄公见后殿前空地上摆着一口敞口炉灶，里边冒着熊熊烈焰，只有一名僧人正奋力拉动风箱。那僧人身边放着一只陶罐，离灶不远处则摆着一只又长又大的木箱。

"那尸首现在何处？"狄公问小和尚。

"那木棺里的便是。"小和尚气鼓鼓地答道，"今日晚饭前不久，众僧才将智海遗体从衙门里抬来。待烧化后，骨灰即盛放在那只罐里。"

说话间火势越发大了起来，烤得人灼热难当。

狄公见火化不过如此，便对小和尚道："前面引路，本县去方丈禅房等候！"

小和尚将狄公引至通往方丈禅房的曲径处，便转身去寻方丈。这小和尚似乎早已忘了要为狄公泡茶一事。狄公对此并不介意，只管独自循曲径向前走去。将近木桥处，一阵凉爽湿润的晚风自山涧里吹来，令狄公心神俱畅，比之方才火边熏烤，不知要舒适多少倍。

狄公正待上桥，忽听得一阵呜呜咽咽的哭泣声，便停住脚步，侧耳倾听，却又并不闻动静，只有山涧里水流的声响。刚待起步，忽又传来呜咽之声，且渐渐响了起来，但不久又弱了下去。那声音似传自弥勒洞内。

狄公迅速登上木桥，欲去对面洞内看个究竟。可刚走了两步，狄公便突然止步不前，一动不动。透过山涧下升起的雾气，狄公发现木桥对面隐约立着一人，那人不是别人，却是死去的汪县令！

狄公惊惧万分，心头仿佛被揪住了一般，只是愣愣地望着对面一身灰袍的幽灵，说不出话来。只见对面那幽灵两眼深陷，无珠，黑洞洞地盯视着狄公，凹陷的双颊上满是腐烂的霉斑，无声无息，好生怕人。那幽灵缓缓抬起瘦骨嶙峋、透明可怖的右手，向下指着桥面，又缓缓地摇了摇头。

狄公顺其所指，低头看视桥面，但见桥面横铺着几块宽宽的木板，别无他物。抬头再看那幽灵，却已无影无踪，面前只剩蒙蒙雾气。

狄公浑身一阵哆嗦。他小心翼翼地伸出右脚去那桥中央木板上探了一探，那木板忽地从桥上坠下涧去。狄公听见木板摔在深涧下石头上的响声，心中好一阵悚惧恐慌。

狄公伫立原地，呆呆地望着脚前黑洞洞的深涧，如此过了许久方倒退数步，用衣袖擦去额上冷汗。

"让大人在此等候多时，贫僧深感愧疚。"狄公身后忽然有人言道。

狄公吃了一惊，倏地回转身来，见慧鹏站立在身后，便伸手指指桥上，示意慧鹏看那木板空隙处。

慧鹏探头一望，随即皱眉道："小僧曾多次告知长老，此桥木板已朽，必须替换，不然终有一日会出大事。今日果然不出所料！"

"方才险些便出了事故！"狄公面无表情地说道，"幸好我止步及时，方未坠落深涧，不然早已粉身碎骨矣。当时我听见洞中传出哭泣之声，使我一时未再前进。不知这哭声究竟是何人所为？"

"哦，大人，那不过是夜枭的叫声罢了。"慧鹏道，"那洞内有它们的巢穴。十分抱歉，方丈此时仍在诵经说法，不能即刻下坛来陪大人说话。不知贫僧能为大人做点什么？"

"你只需向方丈转达本县敬意即可！"狄公道。

十二

▼

　　却说这日马荣领命护送裴苏娘去她姨母家中。及至其姨母家中，见那姨母年纪虽长，却是个极其爽快好客之人。她拉着马荣，硬是要他吃了饭再走。马荣无奈，只得坐下匆匆喝了碗米粥方才离去。这边乔泰在衙门口卫卒房内坐等马荣多时，不见回来，不得已便与班头一起吃了饭。吃过饭后，已是未时，马荣终于赶回。乔泰将狄公吩咐之事一一告知马荣，二人即刻骑马出衙，向城中行去。

　　来到街上，马荣对乔泰道：“兄弟，你可知那苏娘送我离去时对我说了什么？”

　　“你总能迷惑女人。”乔泰漫不经心地回道。

　　“兄弟，女人的心思你不懂。”马荣道，“苏娘与别的女人其实一个样。你知道，女人通常不会马上说出自己的心思，只有想好了才会说出。不过，她倒是说了我心地善良的话。"

"我的老天！"乔泰听马荣如此说，禁不住叫了起来，"你，善良？真是个又傻又可怜的姑娘！不过，我却不需担忧，你不会得逞的，因你没有一块土地。你不曾听她说她要土地吗？"

"可我有其他东西。"马荣得意地说道。

"兄弟，我倒是劝你现在少将心思放在女人身上的好！"乔泰道，"方才班头与我说了阿光的许多事。我二人无须在城中寻他，那厮只是偶然进城来喝酒赌博而已，并非是城里人。我二人需到城外乡里寻他才是，那里才是他常来常往的地方。"

"既然那厮是个乡巴佬，"马荣道，"我便不信他会远走他乡，想必那厮就在原处，或许去了城西林子里也说不定。"

"为何乡巴佬便不会远走他乡？"乔泰反问道，"我想那厮尚不知晓衙门已知是何人杀了那对男女，因此还不会远遁他乡。我若是他，便会悄悄待在近处静观数日，看看风向再说。"

"既是如此，"马荣道，"若你我二人此时先往那破庙里搜寻一番，或许能一举两得也说不定！"

"这回你说得还算在理。"乔泰笑道，"也罢，便去那里看看再说。"

当下二人便自西城门出城，顺大道向离樊仲田庄不远处的破庙驰去。到了破庙近处，二人先去路口哨卡处将马匹交与里面的卫卒看管，然后便徒步向破庙走去。二人见道路左边林木茂密，树荫蔽日，不易被人发觉，便贴着路左行进。

不一刻，他们便来到那破败不堪的寺院门前。乔泰轻声道："班头说阿光那厮虽愚笨粗鄙，但却通晓穿林夜行之道，平日里也喜使刀弄棒，略知些拳脚，因此我二人切不可大意。若是那厮真在庙里，须暗地里接近他，不能让他发现你我二人行踪，先自溜了。"

马荣点头应允，躬身钻入寺院内草木丛中，乔泰紧随其后。

二人悄悄贴近庙宇。马荣伸手拨开面前树丛，示意乔泰近前。二人仔细观望，只见满是青苔的院落里边有一座大庙，墙上砌石已经风化，一排残破不全的石阶通向庙宇入口。庙门洞开，大门早已不知去向。庙门附近蒿草中有一对白色蝴蝶翩翩飞起，似乎受到惊扰。

马荣捡起一块石子，扔向庙墙。石子打在墙面，弹落到石阶上。二人凝神屏息紧紧盯视黑洞洞的庙门。

"庙里像是有些动静！"乔泰轻声道。

"我从正门进去，"马荣道，"你绕过去，从侧门入内。若是发现什么，吹哨为号。"

二人分头行进。乔泰钻入草丛，往右边绕进。马荣则俯身往左向庙前摸去。待其摸至庙宇墙基左边拐角附近，便轻轻纵身跃至庙墙边，背贴庙墙侧身移步至正门石阶。屏息倾听，一丝声音皆无，遂疾步跃上台阶，悄声入室，背靠在门边墙上。

马荣进庙，两眼先是一片漆黑，但转瞬间便可视物。屋内昏暗无光，偌大一座殿堂除靠里墙放着一张满是灰尘的香案，香案前佛龛内供奉着一尊佛像外，别无他物。殿内尚有四根大柱支撑着屋顶上的横梁。

马荣欲将侧门打开，好招呼乔泰入内，刚走至一根大柱边，忽听头顶上方微微一点声响，急忙将身一侧，抬头往上一瞧，只见一个黑影扑将下来，重重撞在马荣左肩之上。

马荣被重重撞倒在地，那黑影亦跌倒在地。未待马荣起身，黑影便又迅速跃起，扑向马荣，恶狠狠地便要来卡马荣咽喉。马荣见来者不善，说时迟，那时快，双脚向那黑影心窝处一蹬，便将那人蹬开一丈有余。马荣迅即翻身爬起。那人不待马荣立稳脚跟，便又扑将上来。马荣飞起一脚向其腹部踢去，那人闪过一边，伸手将马荣紧紧抱住。

二人气喘吁吁，均使出浑身气力，欲要扳倒对方。那人长得与马荣一般高大有力，但显然未受过正规打斗训练。渐渐的，马荣占了上风，将那人压在香案之上，但因双手为那人抱住，一时却用不上劲。过不多久，那人气力终于有所不支，两手略松，马荣乘势挣开双手，猛地卡住对方脖颈，踮起脚尖，身子向下就势猛地一压，那人支撑不住，向后倾倒，只听喀嚓一声，便瘫软下去。

马荣松开双手，随那人瘫倒在地。他一边喘着粗气，一边去看那人，只见那人双目紧闭，躺在地上一动不动。

忽然间，地上那人奇怪而徒劳地扭动了一下手臂，睁开一对小眼，眼中射出凶光。马荣蹲在他身边，知他为何动弹不得。

那人望着马荣，黑瘦的脸庞扭曲着，痛苦地说道："我的腿动不得了！"

"那倒别怪我！"马荣道，"看你这厮模样，我二人交往不了太久了。也罢，我便告诉你我是何人，我乃衙门里的官差。你便是阿光，是也不是？"

"是便又怎的？你这鸟人也好不到哪去！"阿光骂了几声，便开始呻吟起来。

马荣走到门边，将手指放在口中打个响哨，然后又回到阿光身边。

此时乔泰跑进殿堂，见阿光虽倒在地上呻吟不止，却还能破口大骂："'投石问路'这把戏老掉牙了，如何骗得过我！"

"你从梁上跳下来偷袭也算不得新手段。"马荣淡淡一笑答道，又转头对乔泰说，"这厮活不长了。"

"宰了苏娘那婊子，我也够本了！"阿光叫道，"那婊子竟敢背着我与他人睡觉，还睡在主人床上！不过，我也心满意足了，阁楼里与她也睡过了！"

"可惜你那晚不仔细，看错了人，"马荣道，"但如今也不必与你说明了。待你去了阴曹地府，自会从阎王爷那里打听清楚。"

阿光闭起双眼，呻吟一阵后，口喘粗气道："我身强力壮，不会死的！那晚我绝没看错人。兄弟，我用镰刀将她喉咙割断，她绝无半点生还希望。"

"你镰刀使得不错，"乔泰道，"可你知床上那男人是何人？"

"我不知他是何人，也不在乎他是何人！"阿光咬紧牙关，有气无力地说道，"但那厮也死了。鲜血从那厮咽喉处喷将出来，溅了那婊子一身！"说罢，阿光龇着牙笑出声来，但随之忽地浑身一阵颤抖，脸色霎时变得铁青。

"在那田庄附近游荡的另一个是何人？"马荣问道。

"除了我阿光，无人去那里，你这蠢货！"阿光低声骂道。然而骂声未绝，忽然又两眼惊恐地盯视着马荣，口唇哆嗦地喃喃言道："我不要死！我怕！"

马荣与乔泰见状，心生怜悯，但已无可奈何，只是望着阿光，不发一语。

阿光面容扭曲，双手抽动，不多时便僵直了不再动弹。

"这厮去了。"马荣声音嘶哑地对乔泰道。他站起身来，继续说道："差点便让这厮得手。他攀伏在顶梁之上，我进殿时未发现他。但他扑下时不慎弄出了动静，我才紧忙侧了下身子，刚好未让他扑着。若是让这厮扑个正着，非把我背脊给撞折了不可！"

"如今反倒是你将他的背脊给弄折了，这便叫作一报还一报。"乔泰道，"兄弟，你我二人现将这大庙细细搜寻一番——大人曾吩咐过我们。"

于是二人在庙堂内外细细搜索起来，连和尚们往日住过的空荡荡的房屋也寻了个遍，又去那庙宇院落之后的林地内搜寻一番，却只翻出几只惊慌乱窜的老鼠，并不见何可疑之物。

二人回到大殿内，乔泰对那香案看了又看。

"兄弟，不知你记得这话否？"乔泰问道，"和尚们为了避难，常将银烛台、银香炉之类值钱物件藏匿于香案后的暗洞中。"

马荣点头道："怎会忘了？那便看看这香案后有无洞穴与物件。"

当下二人便将那香案拖至一旁，只见砖墙下果然有一个深洞。马荣弯腰向里一瞧，禁不住啐了一口，骂道："洞里尽是些中间空了心的断棍，像是和尚们用旧折断了的禅杖。"

二人走出寺院大门，回到路边哨卡，吩咐哨卡兵卒遣人将庙内阿光尸首送去衙门，自己则先行骑马回衙禀报。待二人回到西城门时，天色已晚。

二人打马疾驰，刚至衙门前，正巧遇见洪亮也从外面回来。洪亮告知二人自己刚从码头回来，大人则在那里与顾孟彬用餐，用了餐便回。

"今日我运气不错，"马荣道，"我请你二位上那九华园吃一顿去。"

三人说着便来到衙门附近的九华园，一进门便见薄凯与金桑坐在屋角一张桌前，面前放着两个硕大酒樽。薄凯头上的帽子向后歪斜着，看去似乎十分快活的样子。

"啊哈，是什么风将你三位给吹来了？"薄凯兴致勃勃嚷道，"快来与我二人同饮！金桑老兄也是才来，三位可助他与我比试酒量！"

马荣听薄凯之言，走去道："昨夜你这家伙醉得像只猴，辱骂了我兄弟俩，且直着嗓门唱什么鸟诗，搅得人不得安宁。今日少不得须罚你几杯！这酒饭钱就算在我马荣头上！"

众人闻言皆大笑不止。不一刻，店家便将饭菜端上。五个人边饮边吃，几巡之后便将两大樽酒喝了个精光。薄凯正待叫店家再添酒来，洪亮起身道："我们还是回去的好，大人此刻想必已经回衙了。"

马荣被洪亮这一提醒，叫道："我的老天，差点忘了禀报那庙里之事！"

"难道你二人见到佛光了不成，要如此急着回衙禀报？"薄凯面带嘲讽地问道，"告诉我，哪座庙的菩萨与你二人有缘？"

"我与乔泰方才去那破庙里擒获了阿光，"马荣道，"如今那庙真的是破败不堪，里面除了一堆烂禅杖外，屁也没有！"

"这可是极重要的线索！"金桑笑道，"快些回去禀报你家大人，他定会大大奖赏你二人！"

当下，薄凯起身欲要送马荣三人出店，金桑道："薄兄，我与你尚未尽兴，在此多饮几杯再走不迟。"

薄凯犹豫片刻，终于坐下道："也罢，便再与你饮几杯。不过千万记住，我不喜喝得酩酊大醉。"

"若是夜里无事，"马荣边向店外走去边大声说道，"我们还会再来，看看你这家伙醉也未醉！"

且说马荣、乔泰、洪亮三人回到衙门，见狄公独自一人闷坐在书斋之中。三人进屋，马荣向狄公禀报破庙中的事情。洪亮发现狄公面色苍白，好像十分疲乏的样子；然而当狄公听马荣说了阿光之事后，精神重又振作起来。

"如此看来，我所言樊仲与那女子乃被误杀丝毫不假，"狄公道，"然我等仍不知那女子究竟是何人，其尸安在。阿光杀了人后即刻离去，甚至连那钱箱也未取走。他并不知其离去后所发生之事。那窃取钱箱的吴免或许曾瞥见那第三者面容，此人必也与此案有关。果真如此，则只需将那吴免擒获，便知分晓。"

"我与乔泰把那破庙里里外外细细搜寻了一番，连那寺院墙外林子里也踏寻了一遍，"马荣道，"可惜未见有什么女子的尸首，只在那香案后发现一堆断木棍，像是和尚们用的禅杖。"

"和尚们的禅杖？"狄公将信将疑道。

"大人，就是些用旧了、空了心的木棍，"乔泰插话道，"全都折断了的。"

"此事听来好生蹊跷！"狄公缓缓说道。他蹙眉思虑良久乃对马荣、乔泰道："你二人劳累一日，今晚回去睡个好觉，养精蓄锐。我尚有事要与洪参军商量。"

待马荣、乔泰离去之后，狄公靠在椅中，将晚饭后去白云寺、桥板陷落山涧一事告知洪亮。狄公断言："想来必是有人企图谋害于我。"

洪亮担忧地望着狄公，口中却道："也许那木板真已朽烂，大人恰好踏足其上，承重不起，便就断了……"

"然我并未真的踏足其上！"狄公道，"我仅是伸足轻敲那木板以试其牢固与否，它便莫名其妙地落下涧去。"见洪亮仍面露狐疑之色，便又道，"当时我刚要上桥，却见汪县令亡魂立于面前。"

狄公话音刚落，忽地外面不远处传来一声重重的关门声，整座屋宇也为之一震。

狄公猛地坐起，怒道："唐主簿如何还未将那门修好？"

此时洪亮面色苍白。狄公见他如此，自觉失态，便端起茶杯欲饮，可茶到嘴边，忽又不喝了。狄公见茶水之上漂浮着一小块灰粉状物体，于是重又将茶杯放在桌上，神情严肃地对洪亮道："你看，有人在此杯中投放了什么？"

二人凝神注视杯中那块灰粉，只见它受热茶浸泡，渐渐化解漂散开来。忽然间狄公似乎想起了什么，以手指摸了摸桌面，随之便笑将起来。

"方才我太紧张了，"狄公自嘲道，"杯中之物只是天棚上落下的灰土而已，乃是被方才那关门声所震落。"

洪亮闻言方才舒了口气，重又去为狄公沏了杯新茶，然后坐下道："大人，说不定那桥板陷落也只是天长日久所使然。我实在想不出那谋害汪县令之人何以又要谋害大人！我们连一点蛛丝马迹也未查获，根本不知他是何人，他又为何惧怕……"

"然他亦不知我等办案实情，"狄公未待洪亮说完便道，"或许他以为近日我未再调查汪县令一案，乃是因我已知晓其底细，如今正在等待时机而已。此人无疑时常监视我之行踪，因其了解我某些言行，便欲玩弄我于股掌之中。"狄公手捻唇须继续道，"如此我须多多公开自己的行踪，以诱其出洞，暴露其真实面目。"

"大人千万不可冒险啊！"洪亮惊恐道，"此人是个凶残奸猾之徒，天知道他又在打什么鬼主意！我们甚至不知……"

狄公不听洪亮之言，心中却忽然若有所悟，猛地站起，将桌上烛台拿在手中，对洪亮道："走，随我再去那后院走一遭！"

洪亮不知狄公心中所想，只得跟随前往。

二人快步穿过庭院，来到原先汪县令的私宅内，又悄声穿过走廊，来到书斋。狄公立在门口，先举烛将屋内瞧看一遍，见仍是当初离去时模样，并未有丝毫变动之处，遂走至屋内茶炉旁，对洪亮道："将那座椅搬来此处！"

洪亮遵命将座椅放在茶炉前，狄公站立其上，将手中烛台高高擎起，仔细端详那红漆顶梁。

"将你那贴身小刀借我一用，再给我一张白纸！"狄公兴奋地说道，"帮我擎着蜡烛。"

狄公将洪亮递与的纸展开在左手中，右手持刀，以刀尖在梁下轻轻刮削。事毕，狄公下到地面，小心翼翼地将刀尖所沾之物擦抹在白纸上，又将刀递还洪亮，再将那纸折好，纳入袖中。诸事已毕，乃问洪亮道："唐主簿仍在前面大堂中吗？"

"大人，我回来之时，见他尚坐在那里，此刻不知他是否已经离去。"洪亮答道。

狄公未再言语，迅速离开书斋，来到衙门大堂，只见主簿桌上点着两支蜡烛，唐主簿神情恍惚地坐在椅中，目光呆滞，一动不动。狄公与洪亮走上前去，他方惊觉，连忙起身迎接。

狄公见他面容憔悴，便道："樊录事之死，主簿一定痛心不已。还是早早回府歇息，保重身体为是！然我此刻尚有一事需求教于主簿。请直言告知，汪县令死前不久，其卧房书斋可曾修缮过？"

唐主簿蹙眉回想片刻后道："是修缮过，大人，并且是在汪县令死前约半月之时。当时汪县令告诉我说，有位客人见书斋天棚已旧，漆色剥落，便执意要派一漆匠来此为天棚补漆。汪县令说，若那漆匠来时，即放他进来。"

"那客人是何人？"狄公追问道。

唐主簿摇头道："大人，在下实不知那客人是谁。汪县令结交甚广，每日早堂之后都有客人来访。汪县令总爱请客人去他的书斋饮茶谈天。客人中有白云寺方丈及监院慧鹏，船东易鹏与顾孟彬，学士曹鹤仙，还有……"

"我想那漆匠应可查寻得到，"狄公未待唐主簿将话说完便道，"此地并不生长漆树，故漆匠绝不会多。"

"这便是汪县令对那客人如此感激不尽的原因，"唐主簿道，"可惜我们却不知往何处去寻那漆匠。"

"速去向门口守门差人打听，"狄公命唐主簿道，"差人定见过此人！问后速来我书斋告知于我。"

唐主簿领命而去。

狄公带洪参军回到书房。坐下之后，狄公情绪高昂地对洪亮道："我已知谋杀者下毒之伎俩。方才梁上震落灰土于我杯中，令我茅塞顿开。当初那谋杀者必是注意到天棚上漆皮之剥落乃是因茶水热气不断上熏所致，并知汪县令始终将那铜茶炉置于茶具柜一边，从不移动，于是便心生一条毒计！其命同谋乔装成漆匠模样，假意为书斋天棚等处补漆，再乘机于正对茶炉上方之顶梁下钻出一个小洞，将一粒或数粒蜡珠松松嵌于其中，蜡珠之内则包藏置人于死的烈性毒药。至此，那谋杀者便完成了其计划中的大部分。谋杀者知道汪县令酷爱读书，煮茶之时会全神贯注于书本之中，任凭茶水沸煮多时方才起身泡茶。如此热气上侵，迟早有一日会将那蜡珠熏化，落入梁下茶炉沸水之中，且立时溶于水中，再不可见。此计简单易行，且十分灵验！方才我已发现那书斋顶梁之上的小洞，正在那茶炉上方，洞边尚余有一点残蜡。此便是整个谋杀过程！"

这时唐主簿走进屋来，对狄公道："回禀大人，有两名差人说记得那漆匠模样。那人约在汪县令死前十日午后申时来过一次，当时汪大人尚在大堂审案未归。那人是高丽人，来自码头一条商船，不甚通晓我国言语。因我曾关照门口守卫的差人有人要来为汪大人书斋补漆，故他们未曾阻拦，放了那人进来，并引他到汪大人书斋外。当时两名差人为防其偷盗，始终守候一旁。据两名差人说，那人站在梯子上忙了好一阵，给横梁等处补过漆后，边从梯上下来边埋怨屋棚陈旧，令他耗费了许多好漆。那人离去之后，从此再未曾见过。"

狄公听罢唐主簿之言，好生愁闷，仰靠椅上叹道："今番又断了线索也！"

　　且说马荣与乔泰自离了狄公书斋，并未回房歇息。二人兴致正高，便又回到那九华园。进了门，乔泰便对里面的薄凯、金桑二人叫道："公事办完，如今可与二位痛痛快快畅饮一番了！"

　　当二人走到桌前，却见金桑面无笑容，不甚欢迎的样子。金桑手指薄凯，只见薄凯伏桌酣睡，早已醉得不省人事。

　　"薄兄饮得太急！"金桑懊悔道，"我叫他不可再饮，他却不听，以至醉到这步田地，如之奈何？若是二位愿意在此照看薄兄，我先告辞了，因有高丽姑娘约我二人见面，不可失约，故不得不先行一步。"

　　"哪个高丽姑娘？"乔泰问道。

"玉姝，水上妓馆第二条船上的。"金桑答道，"今晚玉姝姑娘得空，约请我二人去高丽乡中几个好玩去处游玩，那几个去处连我也不曾去过。我已租下一艘游船，到时即乘船前往，途中还可饮酒作乐。现薄兄醉成这等模样，怎能赴约游玩？此次只好作罢，但我须去告知玉姝及船夫。"说罢起身便要离去。

"且慢，"马荣见金桑要走，连忙说道，"我们把这家伙唤醒如何？"

"我已唤过，他却兀自不起。"金桑道，"我劝二人此时休要惹他，若是惹恼了他，酒疯发作，便不好收拾了。"

马荣不听金桑之言，兀自伸手去薄凯肋间抓挠，又抓住其衣领将其拽离桌面，将嘴贴近其耳边大声叫道："薄兄，薄兄，快快醒来！喝酒找姑娘去！"

薄凯睡眼惺忪地望了望马荣。

"我说过，"薄凯满嘴酒气，粗声道，"我说过我讨厌你这家伙。你那朋友也一样，皆是放荡酒徒。我与你无话可说，与你们无话可说！"说罢又伏在桌上呼呼睡去。

马荣、乔泰见薄凯醉成这般模样，满口胡言，禁不住哈哈大笑起来。

马荣对金桑道："也罢，既然如此，也只好让他去了！"转身又对乔泰道，"你我二人便在此静静喝酒，想必这家伙不久便会醒来。"

"只是为了薄凯一人便取消了约会，不去游玩，实在可惜。"乔泰道，"你我二人从未去过高丽乡。金兄，薄兄不去也罢，我们可代他前往，你看如何？"

金桑抿嘴思虑片刻道："这事不易为之。也许二位不知，官府一直默许高丽乡自行治理，所以该乡自有一套法规。除非该乡里长有事相求，否则衙门官吏皆不可擅自进入其乡。"

"胡说！"乔泰道，"我二人便去那乡里，又有谁人知晓我二人姓名！我们可摘了官帽，扮作百姓模样，谁人会认得我们是官府中人？"

金桑兀自犹疑不定，马荣却欢喜非常，连连叫道："这主意甚好，现在便走！"

正当三人准备起身，薄凯忽地睁开双眼，向上瞪视众人。

金桑见薄凯醒来，便拍其肩头安抚道："薄兄在此好生歇息，睡过之后酒力自会渐渐消退。"

薄凯闻言忽地跃起，推开座椅，手指金桑骂道："你曾答应带我一同前往，如今却要抛下我一人在此，你这个背信弃义的好色之徒！你以为我醉了，便要耍弄于我乎？"说罢，从桌上抓起酒樽便要掷向金桑。

店堂内众食客见此处吵闹，皆抬头观看，哄笑不止。马荣喝止众人，迅速从薄凯手中夺过酒樽，吼道："罢了，罢了，只有带这家伙一块去了。"

当下马荣、乔泰一人一边将薄凯夹在中间，金桑付了酒钱，四人一同出得店来。

来到街上，薄凯自觉浑身乏力，涕泗涟涟，便道："我腹中难受，实在行走不得。我想躺下，躺在船中。"说罢便一屁股坐在街上，不肯起身。

"你可不能躺在大街上！"马荣一把将薄凯拽起，笑道，

"今晨我们已将你那水门'鼠洞'堵上，去不了你那'鼠窝'了。如今你还是动动你那懒腿吧，走走累不垮你的！"

薄凯想睡睡不成，挣又挣不脱马荣铁钳般的大手，急得号啕大哭起来。

"雇两个人抬着他走！"乔泰不耐烦地对金桑道，"你们走得快，到那东城门下等着，我们随后便到，到时我们会叫守城兵卒放你们出城的！"

"今日幸得与二位同行，不然此时关了城门，不知如何出城了。"金桑道，"我尚不知那水门已被修好，若是走水路出城，岂不枉然？在下就此先行一步，东城门下相会。"

金桑跟随薄凯坐的轿子快步向东行进。马荣与乔泰则远远跟随其后。马荣见乔泰闷声不响，只顾向前行走，便知他心中想着什么事。

又走了一程，马荣见乔泰依旧不作一声，忍不住嚷道："我的老天，你这等模样叫人看了也闷死了！我知你心中想的是什么。休再痴迷那女子一人了！兄弟，我说过千百回，天下好女子有的是，情莫专一，须将那心中之爱分开来使，这里分点儿，那里使点儿，如此才能受用不尽，且可省却许多烦恼，又何必死盯着一个思念个没完？"

"我无法像你一样，我就喜欢那姑娘一人。"乔泰嘟嚷道。

"罢了，罢了，随你怎样就是！"马荣无可奈何道，"不过将来出了事，切莫怪我未告诫过你。"

二人边走边说，不知不觉已来到东城门下。见了先到的金桑，乔泰便去与卫卒交涉。薄凯此时正坐在轿中，口中不干不净地哼着淫秽小曲，优哉游哉，好不自在。

乔泰与守城兵卒费了一番唇舌，说是奉命护送轿中之人去城外溪涧对岸与人相会，有要事相商。卫卒见马荣、乔泰俱是公人打扮，想那金桑乃是个随从，只是看那薄凯不像是官府中人，但又不像是歹人，犹疑再三，只得放这一行人出城。

出了城，打发走抬轿的轿夫，四人走过虹桥，去溪涧旁叫了一叶小舟。小舟载着众人向外驶去。马荣与乔泰坐在舟中，趁便将头上所戴官府黑帽摘下，塞入袖中，又用黑色细麻绳将头发束成平常百姓模样。

不多时，四人所乘小舟便已靠近水上妓馆。向前望去，只见紧靠那妓馆第二艘花船处泊着一艘高丽游船。那游船装饰得花团锦簇，煞是好看。

金桑当先跳上游船，马荣、乔泰紧随其后，二人又将薄凯拽上船来。

四人上得船来，见玉姝站在船舷旁，倚靠着一旁栏杆，原来早已等候多时。但见玉姝身着白色高丽绸裙，胸前系一根鲜红衣带，扎成大红蝴蝶结状，发髻松垂，耳后插一朵香气袭人的白玫瑰，亭亭玉立，好似天仙一般。乔泰见玉姝如此美妙，不觉看得有些发呆。

玉姝微笑着迎接众人。

"奴家不知二位官人同来。"玉姝对马荣、乔泰道，"不过二位官人何以要将头发束成这等怪模样？"

马荣连忙答道："哦，休要告诉旁人！我二人如此装扮，不过是为了避人耳目以图方便罢了。"说罢，转身向旁边花船上喊道，"喂，'母大虫'，将我那胖妞也送下船来，若是老爷我晕了船，也好叫她搂着我的头，听见没有？"

"到了高丽乡，有的是姑娘陪你耍的！"金桑不耐烦地说道。他回头用高丽话对船上三名水手大声说了些什么，水手们便起锚开船了。

金桑、薄凯与马荣皆盘腿围坐在甲板上的绸面软垫之上，三人中间放有一张矮案桌，案桌上摆着果品酒肴。乔泰正待坐下，忽见玉姝斜倚在舱门口向他频频招手，便走了过去。

"官人不想进船舱看看吗？"玉姝盯着乔泰，噘着嘴娇声道。

乔泰迅速朝马荣等人扫视一眼，见薄凯正在自斟自酌，金桑与马荣则在交头接耳，不知谈论何事，并无人注意他。他便走近玉姝身边低声道："我想他们一时半刻想不到我。"

玉姝挑逗地睨视乔泰。乔泰从未见过如此标致动人的女子，不禁心旌荡漾，不能自己。玉姝走进舱中，沿梯下至主舱室内，乔泰亦跟随其后，进入主舱。

舱室里悬着两盏彩灯，放出淡淡的光芒。借着灯光，可以看见舱中摆放着一张低矮的乌木雕刻的床榻，床榻周围镶嵌着珍珠与螺钿，床榻上铺着精制的席垫。舱壁上贴饰着精美织锦，将板壁遮得严严实实，旁边则摆着一张红漆妆台，妆台上放着一只形状奇特的铜香炉，从中飘出袅袅青烟，香气袭人。

玉姝走到妆台前，整了整耳后的花朵，转身笑问乔泰道："官人不喜欢这地方吗？"

乔泰深情地看着玉姝，忽然间心头感到一阵悲哀。

"我知道，"乔泰低声道，"你离不开你那族人，喜爱穿着自己族的服装。但为何你们国家的女子总要穿着白色衣裙呢？在我国，白衣可是丧服……"

玉姝迅速伸手捂住乔泰之口，轻声道："别说那不吉利的话！"

乔泰再也不能自持，一把将玉姝揽入怀中，不由分说便与之亲吻，良久方才松开玉姝。乔泰将玉姝拉至床榻边，让其坐在身边。

"回去之后，"乔泰在玉姝耳边轻声道，"我要去花船与你相伴一夜！"

乔泰说罢又欲亲吻玉姝。玉姝将他推开，起身娇声道："官人好耐性，不知心里是真喜欢还是假喜欢奴家？"

玉姝说着便宽衣解带，霎时长裙落地，精赤条条地站立在乔泰面前。

乔泰此时已是欲火中烧，再也按捺不住，便一跃而起，将玉姝抱起放在床榻之上。

玉姝今次不似前番那般冷漠无情。二人搂成一团，真个缱绻缠绵，颠鸾倒凤一番。乔泰激动万分，自思今生今世不会再爱其他女子。

不知过了多久，二人方云收雨散，气喘吁吁地相互依偎着睡在床榻之上。此时乔泰忽地感到游船速度好似减慢了许多，猜想定是已近那高丽乡码头，遂欲坐起，并想伸手去取床榻前地上的衣裤。玉姝伸出柔软的双臂，从后面搂住乔泰的颈项，娇声道："官人休要丢下奴家一人在此！"

正当此时，甲板上猛地传来一声撞击之声，紧接着便听得一阵喊叫喝骂声。乔泰正在纳闷，忽见金桑手持一把长刀冲入舱室之中。玉姝也忽地收紧臂膊，乔泰遂感到喉头像是被钳住了一般。

"快杀了他！"玉姝冲着金桑大叫道。

乔泰抓住玉姝双臂，欲要解脱其束缚，并竭力想坐起身来，怎奈玉姝拼足气力又将乔泰拖倒在床榻之上。金桑奔至榻前，举刀向乔泰胸前便刺。乔泰一急，大喝一声，用足全身之力滚向一边。身后玉姝紧抱不放，也随之滚了过来。不想那金桑一刀刺来，未刺着乔泰，却正中玉姝肋间。金桑一惊，连忙将刀抽回连退数步，眼见玉姝倒卧于血泊之中，只能呆立一旁，不知如何是好。此时玉姝尚未气绝，但两臂已软弱无力。乔泰乘机脱身，从榻上一跃而起，扑向金桑，抓住其持刀手腕。金桑此刻方觉醒过来，连忙挥拳欲猛击乔泰脸部，却不想右手已被乔泰紧紧抓住，动弹不得。乔泰用力将金桑右腕扭转，使其手中刀尖指向其胸膛。金桑则拼力不使刀尖碰着自身，同时挥左拳击中乔泰左眼。乔泰负痛与其相持，金桑终究不是乔泰敌手，二人相持一阵，金桑便已力竭。乔泰乘势猛一用劲，那刀便深深扎入金桑胸膛，金桑顿时瘫软下来。

乔泰将金桑摔至墙边，转身奔到玉姝身旁。此时玉姝仰卧在床榻上，双腿悬在榻外，一手捂着肋间，血水从指缝间涌出。

玉姝微微抬头，凝视乔泰，颤抖着嘴唇说道："奴家不得不如此！"少顷又道，"我的国家需要兵器，我等高丽族定要复兴！原谅奴家不能……"说至此，玉姝已是面无血色，气息奄奄，但仍抽动着嘴角哼出一声，"高丽万古长存！"说罢浑身一阵颤抖，头向后一仰，便断了气。

乔泰见玉姝已死，心中痛楚万分。正自悲伤，忽听甲板上传来马荣的痛骂之声，一时惊醒，也顾不得穿衣便赤条条地冲上甲板。只见马荣与一高大水手扭成一团，正是危急时刻。乔泰迅速从后抱住那水手的头猛地一拧，那水手顿时浑身瘫软，乔泰乘势将他摔出船外。

"方才我已干掉了一个，"马荣喘息道，"还有一个想必是跳水逃命去了。"

此时乔泰才发现马荣左臂正在流血，便叫道："快进舱去，我与你包扎！"

回到舱室，乔泰见金桑兀自靠墙坐着，英俊的脸庞扭曲着，两眼呆呆地望着玉姝的尸首。

乔泰见金桑嘴角蠕动，便走过去弯腰问道："那要偷运走私的兵器藏在何处？"

"什么兵器？"金桑无力地说道，"皆是骗人的把戏！只是哄哄她而已，她便真信了。"金桑痛苦地呻吟着，痉挛的两手无力地握着胸前的刀柄，泪水涌出眼眶，额头上不断冒出豆大的汗珠。金桑忍着疼，又张口缓缓道："她……她……我俩皆未得好死！"说完便紧闭毫无血色的嘴唇，不再言语。

"若非兵器，那偷运的又是何物？"乔泰仍旧追问道。

金桑吃力地张开口，一股鲜血自口中涌出。金桑动了动嘴，终于说出二字："黄金！"说罢便浑身一软，倒在一边，再无声息。

此时马荣望着玉姝赤裸的尸身，心中好生纳闷，便问乔泰道："嘿，是这姑娘帮你，这厮才杀了她的吗？"

乔泰默默地点了点头，然后迅速穿上衣裤。他将玉姝遗体抱起，轻轻放在榻上，捡起落在地上的白色衣裙盖在玉姝身上，权当穿上丧服一般。乔泰望着玉姝面容，缓缓地对马荣道："兄弟，'忠诚'二字实在可贵之至！"

"此话说得好不动人也！"此时忽然从乔泰、马荣身后传来一人说话的声音。

马荣、乔泰急忙回转身望去，只见薄凯趴在舷窗外，正探头望着马荣、乔泰。

"我的老天！"马荣叫道，"我怎把你这家伙给忘了！"

"真是个无情无义之人！"薄凯道，"我懦弱，但却会溜。我顺着船舷周围的走道跑了几圈便极容易地脱了身。"

"废话少说，快进舱来！"马荣叫道，"来看看我的这条胳膊。"

"你伤得不轻，怎的会弄成这般模样？"乔泰问道，顺手从地上捡起玉姝的腰带，为马荣裹扎伤口。

"你哪里知道！"马荣悻悻道，"我坐在那儿正观赏两岸景致，忽地有一人从后面把我抱住。我急忙弯腰想把那家伙从头上摔出，不想前面又来一人，抬脚便踢在我心口处，接着便拔出刀来。当时我想今番休矣，不想后面那人却不知怎的忽然松了手，我便乘机侧转身子。那刀原是朝我心窝处来的，却只刺中我左臂。我用膝头猛顶那厮裆部，又一拳打在他下巴上，便把那厮打得直摔出船舷去。当时后面那人必是因胆怯方才松手逃走的，我只听得一声落水声响，想来他是跳水溜了。紧接着，这第三个水手便奔了过来。这厮力大，我伤了一条胳膊，只能单手与他厮打。幸亏兄弟来得及时，不然我命没了！"

"如今好了，血总算止住了。"乔泰道。他将绸带绕到马荣脖后，打一个结，又道："吊着这条胳膊，别动它！"说着，又将那绸带紧了一紧。

马荣臂上一阵疼痛，脸上肌肉也抽搐了一下。疼痛过后，忽然又想起薄凯，遂问道："嘿，那该死的秀才怎的还未来到？"

"上去看看，"乔泰道，"说不定酒都叫这秀才给喝光了！"

当下二人离开舱室，来到甲板上，却不见一人。唤了几声，也无人应答，一片寂静，只听得远处迷雾中传来渐渐远去的划桨声。

二人急看船上，原先放在船舷边那救生用的舢板早已不知去向。

马荣顿时怒不可遏，破口大骂道："这狗崽子，必是坐小舟溜了！"

乔泰也咬牙切齿道："这家伙实在可恶，竟诓骗到我兄弟俩头上。今日定要擒住这家伙，非亲手将他那瘦脖梗拧断了不可！"

马荣向远处望去，前方不见一物。

话说乔泰欲要擒拿薄凯，马荣见大雾连天，且不知前方底细，便对乔泰道："兄弟，若是去追那家伙，必得向下游去寻，可今夜雾大，无从追寻。我二人上了这条贼船，也不知被诓出了多远，还是赶紧把这船弄回去，禀报大人的好。"

乔泰觉得有理，二人遂一起绰桨划水，掉转船头，慢慢划了回去。

几近夜半时分，马荣、乔泰方才回到衙门。此前，二人已将那艘高丽游船泊于虹桥之下，并吩咐东城门守城兵卒分派几人去那船上守候，护住案发现场。

二人来到狄公书斋，此时狄公正与洪参军说话。狄公见二人衣冠不整，马荣吊着手臂，颇为惊讶，便问二人何故如此。

马荣遂将事情原委细述一遍。狄公听罢，不禁大怒，猛地自椅中站起，双手背在身后，怒气冲冲地在房中来回踱步。

"如此胆大妄为，简直是目无王法！"狄公怒道，"设计谋害我未成，又欲谋害我两名随从，真是猖狂至极！"

马荣与乔泰闻言，惊讶不已，皆目视洪亮。洪亮低声将狄公去白云寺遇险之事告知二人，然话中只字未提那汪县令显灵之事。因他知道，世间唯有这等鬼怪之事可令这两条汉子胆怯。

"想来这些狗头早已设好了陷阱。"乔泰道，"今夜攻击我二人必也是事前便已预谋好了的。其实第二次去九华园时，金桑那番言语便是要引我二人上钩！"

狄公并未听见乔泰之言，他兀自站立沉思，自语道："如此看来，这伙人走私之物必是黄金无疑！所谓偷运兵器之说只为掩人耳目，转移我等的注意力罢了。然一向听说高丽乃盛产黄金之地，如何反倒将黄金运去高丽呢？"

狄公凝眉捋须，重又坐下，对马荣、乔泰道："方才我与洪参军谈论那些恶棍何以要图谋害我之事。我想，必是他们以为我已掌握其罪行，故欲先发制人，将我除去。然如何又要谋害你二位？游船上之突袭显然是尔等离开九华园回衙之时，薄凯与金桑谋划好的。尔等可曾记得在九华园内说过什么不该说的话？或许薄凯与金桑二人正是因你三人之言而生疑的。"

马荣、乔泰与洪亮皆蹙眉思索。稍后乔泰手捻唇须道："我们只是与他们说了几句平常话语，开了几句玩笑而已，并不曾说过什么。但离去之后……"乔泰边说边摇头，实在想不起曾说过什么引得薄凯、金桑二人生疑。

此时马荣道："是了，我曾说过，我二人去过那破庙。莫非此话引得他二人生疑？只因大人前次在大堂之上公开宣布要捉拿阿光，以此我想说出阿光在破庙被擒一事并无妨害。"

"不是还曾提到那些破禅杖吗？"洪亮提醒道。

"是了，确也曾说过！"马荣道，"金桑还为此嘲笑我二人。"

狄公握拳猛击书案，大声道："必是如此！毫无疑问，那些禅杖定是十分紧要之物！"

狄公自袖中取出折扇，边扇扇子边对马荣、乔泰道："当时你二人与这伙恶徒打斗之时，如何未稍加小心，生擒了他们？那三名高丽水手或许并不重要，他们只是唯命是从、奉命行事而已。然而倘若能生擒金桑，所有疑难或许皆可迎刃而解！只可惜……"

乔泰后悔地挠着头皮道："嗨，如今想来，若是生擒了那厮该有多好。不过，大人你想，当时事情来得太急，未曾等我想到要留活口，一切便已过去了。我怎的这等粗心大意！"

"休要将此放在心上，"狄公笑着宽慰道，"方才我的话乃是一时冲动，切莫记挂于心！然你二人目睹金桑断气之情景恰为薄凯所窥见，故我料想他如今已知晓阴谋暴露。不过，即便他当时并不曾听得什么，如今亦必会怀疑金桑已说出实情，故而逃之夭夭。此种忧心忡忡之人极易失去理智，暴露自己。"

"大人，我去把那船东顾孟彬与易鹏抓来拷问一番如何？"马荣道，"不管怎的，他二人的管事想要谋害乔泰与我！"

"不可，我们尚无真凭实据证明他二人与此阴谋有关。"狄公道，"然如今我们已知高丽人与此阴谋有十分重要之关系，他们参与了将黄金偷运去高丽之事。如今想来，汪县令实在不幸之至，竟将其密件托付与那高丽女子。而那高丽女子显然曾将汪县令托付之包裹交与金桑看过。金桑将其中漆匣打开，取走了密件。然这伙人何以未将那漆匣销毁？许是担心汪县令曾在何处记下什么，说明曾将此包裹寄放在那高丽女子处，以此不敢贸然毁之。否则一旦官府查询，那高丽女子拿不出来，便少不得要吃官司。或许汪县令书斋中之私人书函之被窃亦是为此缘故。看来，此案牵涉面颇为广，甚至京城中亦有人牵涉其中并为之说项遮掩！说不定这伙人亦与樊仲田庄内失踪女子一事有关，并与那自负清高的曹员外有来往。如今我已掌握许多零星情况，然尚不知其间有何关联。不过凭我直觉，其中必有联系，只可惜尚无实据以证之。"

言至此，狄公深深叹了口气，稍事歇息，又对三人道："你三人劳累一日，如今子时已过，时辰不早，还是各自回房歇息去吧。洪亮，走时顺便去唤几名书吏，吩咐他们将通缉薄凯的布告写出，详细述说其犯有图谋杀害衙门官员之罪状，并令衙役今夜就将布告张贴于衙门口及城中大街小巷之中。如此，天明之时，人人便皆可知晓此事。倘能将此无赖之徒擒获，或许便能破了此案。"

洪亮领命而去，马荣、乔泰亦自去歇息不说。

次日拂晓，狄公已然起身，洪亮亦来伴随其侧。正当狄公用膳之时，班头进来禀报说，船东顾孟彬与易鹏二人说有要事需面见县令大人。

"告诉二人，"狄公道，"有事早堂上见，到时不妨公开言说。"

班头遵命而去。

随后马荣与乔泰步入书斋，唐主簿亦紧随其后走了进来。唐主簿看上去比之前更加委顿，面色灰黄无光，且有些心神不定、手足无措的样子。唐主簿一进书斋便吃吃地道："这……这实在是可怕至极。在下从未听闻此地曾发生过如此骇人之暴行！如今竟有人敢攻击衙门官差，在下……"

"主簿无须忧虑，"狄公好言劝慰道，"马荣与乔泰皆是武艺高强之人，自会保护自身，无须主簿为他二人操心。"

马荣、乔泰闻言皆笑将起来。此时马荣臂膀上已不见了吊带，乔泰左眼也仅余一点青痕。

狄公用膳完毕，接过洪亮递与的热毛巾擦了一把脸，而后便听得升堂鼓响。洪亮帮狄公更衣，之后众人便一起向前面大堂走去。

来到大堂，众人见堂下已是万头攒动。其时，那在高丽游船上攻击官员之事早已在东城门一带百姓中传遍，城中百姓也都见了那通缉薄凯的布告，故此纷纷赶来衙门大堂听审。狄公注意到，曹鹤仙、易鹏、顾孟彬三人亦站在堂下人群之中。

狄公将惊堂木一拍，宣布开审，便见曹鹤仙怒气冲冲抖着胡须走上堂来，跪下说道："大人，老夫有一事禀报！昨日深夜，我儿曹明为院门口马厩内的马嘶声所惊醒，起身出外察看，见厩中马匹烦躁不安，疑有窃贼光顾，遂唤醒看门仆人，并取剑前往周围树林中搜寻，看是否藏有盗马贼人。正搜寻间，我儿背后忽地扑来一物,有利爪抓入其肩胛。因其来势凶猛,力量又大,我儿向前扑倒在地,但听得颈项边有磨牙之声,随后便昏厥,此却是因头撞在一块尖石上所致。幸得当时看门仆人手持火把及时赶到,否则后果不堪设想。当时看门仆人曾望见一黑影迅速消失在树林深处。我与家仆将曹明抱回家中,放在床上,为其包扎伤口。其肩头之抓伤并不严重,但其额头处却撞开一个豁口,伤势甚重。今晨我儿苏醒,但未过多时便又神志不清,胡话不断。我将沈大夫请来诊断,沈大夫诊后称我儿病情危殆。大人,老夫想那作恶之物必是那常在此间地面游荡之食人恶虎。老夫在此恳请大人速速遣人追杀此虎,此事须尽速为之,以免生灵再受其害!"

此时堂下响起一片赞同之声。

狄公道:"曹公但请放心,今日早堂之后,本县即派猎手前去搜寻捕杀那恶兽便是。"

曹公拜谢,起身退后。

易鹏上前跪于案前,报上姓名之后,便开始述说起来。

"今晨易某在街上看了通缉本人手下管事薄凯的布告,心中甚为不安。据传薄凯卷入高丽游船袭击官差一事,但此事易某却不知晓。易某在此须向大人禀明,薄凯乃是怪癖无常之人,平日里只在业务上与易某有所交往,故其业务之外所做之事易某无从承担其责。"

"易员外是何时且是如何聘用薄凯的?"狄公问道。

"回禀大人,此人是在十天前来面见易某的。"易鹏答道,"当初此人递与易某一封书函,此函是京城著名学士、易某好友、曹鹤仙之堂弟曹奋所写。他竭力向易某举荐薄凯。薄凯自言来自京城，因与其内人不和，故离家出走，并称来此也是为避丈人家寻衅。薄凯此人嗜酒如命，常喝得烂醉如泥，但却颇有理财之能，因此易某才雇他为管事。今晨易某见了衙门布告，即刻传来管家，问他最后见到薄凯是何时。管家说薄凯昨日深夜曾回府上。当时他径直回到易某府中自己住房，不久便又匆匆离府而去，走时见他带走一只扁平小箱。因管家熟知他之为人，知他是个怪人，常深夜外出，故未加注意，只觉他走得十分匆忙急促，不知何故。今晨来衙门之前，易某曾亲自检视薄凯房中，见其衣物及日常用品皆在，只有一只皮箱空置一旁，此箱原是存放其书函等重要之物的。"

说至此，易鹏略顿了顿，然后又道："大人，易某在此需要表明，薄凯所做不法之事与易某无关，希望将此记录在案！"

"自然会将员外之言记录在案，"狄公冷冷答道，"然本县之言，员外亦须认真听。方才员外所言并不在理。本县以为，员外与手下管事薄凯之所作所为实脱不了干系。薄凯既为员外管事，又居住于员外府内，员外不会不知其日常所为。今薄凯参与谋害本县属下之事，员外若说一点不知，则须证明自己与此事确实无关，方能令本县相信员外清白无辜。"

易鹏听得狄公如此说，乃哭诉道："大人，易某如何方能证明自己清白？大人，易某确实不知此事啊！易某一向守法，前不久易某不是还特地向大人禀报……"

"你所禀报之事皆是有意编造之谎言！"狄公厉声道，"此外，据报，在你府邸周围，近城南河道第二座桥处曾有可疑之事发生，故本县不得不暂时将你软禁于衙内。"

易鹏不服宣判，大声抗议。班头上前厉声喝止。此时上来两名衙役，一左一右将易鹏拖出大堂。

易鹏走后，顾孟彬上前跪下，说道："在下顾孟彬，今向县令大人陈情。与方才同行易鹏情形相似，在下之管事金桑亦卷入游船事件，虽然在下与此事并不无瓜葛，但因那高丽游船乃是在下私产，船上三名水手亦是我的手下，因此在下与此事实脱不了干系。故对金桑之所作所为，在下深感愧疚。在下之工头昨晚亲见，约莫晚饭之时，金桑来到码头，命那高丽游船驶离港湾，也未对人说明驶往何处。那金桑私调船只离港既未经在下许可，亦未通知在下。为此，在下将亲自彻查此事，并望衙门派遣有经验之官吏与公差前往码头与在下宅邸驻扎，在下甘受监督。"

狄公听罢顾孟彬之言即道："本县十分赞赏顾员外之合作态度。今宣布，一俟本案调查终结，县衙即将金桑之尸交与顾员外，并委其转交死者之亲属以办理丧葬事宜。"

狄公言罢，正要宣布退堂，忽听堂下一阵喧哗，只见一个妇人拽着一名少妇从人群中挤出。此妇身着黑底红花绸衫，个子高大，面容丑陋粗俗。那少妇则头戴面纱。这妇人上前跪下，那少妇则低头站立其侧。

妇人粗喉哑嗓地说道："老身廖氏，乃是东城门外第五艘花船船主，今日里把这个犯妇交与青天大老爷。"

狄公探身瞧那身段苗条、纱巾遮面之女子，心想，妓院老鸨一向自有办法处置不听管教之妓女，似这等孱弱女子，又何必带至衙门问罪。于是问道："此女何名？告其何罪？"

廖氏答道："回大人话，老身不知她姓名，不能……"

"咄！"狄公怒道，"大胆刁妇，连此女姓氏亦不知晓便敢纳之为妓，难道不知王法厉害吗？"

廖氏闻言，吓得连连叩头，哭丧着脸道："万望大人饶命！老身并未纳这女子为妓，以此不知这女子姓氏。大人在上，老身说的话句句是真，不敢有半句假话！十五日那天，日出之前，薄凯把这女子带来老身船上。当时这女子身穿一件和尚长衫。薄凯告诉我，这女子是他新纳的小妾，晚间曾带她回家，因他老婆不许这女子住在家中，便把她身上衣裳撕得稀烂，又用言语羞辱她。薄凯与老婆理论至半夜，他老婆仍是不依不饶，以此薄凯便把这女子带来我处暂住，说是等劝得老婆回心转意，家中一切安排妥当之后，他便来把这女子接走。当时他给了老身一些钱，并叮嘱给这女子弄身好衣裳穿，因她身上只有那一件和尚衣衫，别无他物。薄凯是老妇家常客，大人想必知道，他给船东易鹏做事，那些水手也是常客，老身一个孤身女人谋生不易，怎敢得罪这些衣食父母、有钱的主，只得答应他的请求。我给这娘儿置办了一身好行头，让她住一间好舱房。老身手下人曾劝老身用这女子接客赚钱，并说反正她不敢告诉薄凯，但老身我二话没说便一口拒绝了。大老爷，老身一向守约，这也是我家行规！不过，大人，老身也是知王法的人。所以今日凌晨，一艘卖菜船途经老身家船边时，那货主告诉老身，衙门贴了告示要捉拿薄凯，老身便对手下人道：'若这女子自家不曾犯法，起码也知那薄凯去处，该把她送官才是。'以此老身便把她拖来面见大老爷。老身说的话句句是真，若有半句是假，任凭大人发落。"

狄公挺直身子，命那蒙面女子道："揭去面纱，报上姓氏，将你与案犯薄凯之关系据实道来！"

且说狄公命那蒙面女子揭去面纱，报上姓氏。女子听命，缓缓将头上面纱揭去。狄公见她年约二八，面容姣好且和善聪慧，并无半点淫邪妇人之态。

女子羞涩，柔声道："曹旎叩见大人。"

此言一出，立时引得堂下一片喧哗，堂上大小官吏也惊愕不已。堂下顾孟彬忍耐不住，不顾衙门法度，径直奔上堂来，欲要相认，却才望了妻子一眼，便被班头斥退，只得回到原处，面色煞白，闷声无语，呆立堂下。

此时狄公依旧面容严肃，对那女子道："曹旎，你夫曾报你失踪，本衙为此寻你多日。今你既来，则可将十四日午后与尔弟曹明分开之后所发生之事原原本本据实道来。"

曹旋闻言，朝狄公望了一眼，眼神中充满羞怯之情。

"大人，必要将诸事都说出来吗？"曹旋欲言又止，不情愿地道，"奴家愿……"

"将诸事桩桩件件和盘道出，不得隐瞒半点真情！"狄公道，"你失踪多日，此事牵涉一桩谋杀要案，或许也与京城罪案有关，故此事关系重大，必须据实道来，不得有误！"

曹旋犹豫再三，良久方开口言道："那日奴家自父家返回夫家，行至大道，等候兄弟曹明时，忽见奴家以前的邻居樊仲与一个家人行来。因奴家与他有过一面之交，故此不好不搭理他。当时他和颜悦色问奴家欲往何处，奴家告知欲回城中夫家，兄弟曹明在后，稍后便要来到。等了多时，不见兄弟到来，于是便与樊仲折回原路，却仍未见兄弟踪影。当时奴家自思许是已近大道，兄弟以为不必继续护送便抄近道折返家中去了。此时樊仲说他也去城中，可以相伴奴家同往，并建议奴家与他一同走那泥泞小路，说是此路已经修整，不难行走，离城又近，可省却许多时间。当时奴家也不愿只身一人从那大道边破庙处经过，便答应了他的请求。

"此后我们便向那泥路方向行去。待行至樊仲田庄入口小茅屋时，樊仲对奴家说，他有要事需告知家中佃户，让奴家在那茅屋中稍候片刻。奴家信了他的话，便下马进屋歇息。樊仲在屋外对家人说了什么，之后也走进茅屋，两眼不怀好意地上下睥视奴家，哄骗奴家说已吩咐家人回去通知，只等家人回来便走，并说他想与奴家单独消磨一些时光。"

曹旋说至此处，一时语塞，两颊泛起红晕。迟疑片刻才又低声言道："他将奴家拉至身边意欲轻薄，奴家将其推开，警告他休得无礼，否则便要呼喊叫人。可他却毫不理会，呵呵大笑，说是任凭奴家如何嚷叫也不会有人听见，劝奴家顺从于他。奴家不从，他便动手撕扯奴家衣裳。奴家虽竭力反抗，却怎抵得过他那般强壮之人。他将奴家衣裳剥光，又用奴家腰带将奴家双手反绑于身后，把奴家扔在柴堆之上，随后便对奴家恣意奸淫。事后，他给奴家松了绑，叫奴家穿上衣裳。他说他喜欢奴家，要奴家与他在田庄里过夜。又说次日会亲送奴家进城，见到奴家官人时，只需编套谎言便可骗过，无人会知晓真情。

"奴家知道他的话不可信，但一时又难逃魔爪，只得随他去田庄过夜。吃过了晚饭，我们便上床歇息。待樊仲睡熟，奴家便要起身，意欲逃回父亲家中。可刚要坐起，忽见窗户被人推开，跳进一个面目狰狞的凶汉，手中攥着把明晃晃的镰刀。奴家当时心中害怕，急忙将樊仲推醒。可那凶汉已经跃上床来，照着樊仲项间便是一刀。樊仲只哼得一声便倒毙在奴家身上，鲜血溅满奴家胸前与脸面……"

说至此，曹旎掩面而泣。狄公示意班头取碗茶水给她。曹旎摇头拒绝，继续讲述当时情形。

"那凶汉咬牙切齿，辱骂奴家：'你个龌龊放荡淫妇。'口中不干不净又骂了一些脏话，便一把揪住奴家头发，将奴家的头捺在床头边上，挥起镰刀便向奴家颈项处砍来。当时只听得耳边砰然一声，奴家便死了过去。

"后来奴家渐渐苏醒过来，发觉自己躺在一辆推车之中，那车正驶在高低不平的田间土路之上。奴家身边躺着樊仲那赤裸冰凉的尸身。此刻奴家方才悟出因那镰刀是弯的,加之那人一时性急,将镰刀弯头砍入床头木架之中,以此并未伤及奴家,只是奴家颈项处被那镰刀后缘平钝处擦了一下而已。奴家躺在车中想,这推车汉子定是凶手无疑,他必是以为奴家已死,于是奴家不敢动弹,只是闭目装死。忽然间那车停了下来,一头翘起,奴家便与樊仲尸首一同滑落地面。那凶手将一些干树枝扔在奴家与樊仲尸身上后便推车离去了。当时奴家一直未敢睁眼,以此不知凶手是何长相。只是在他进屋行凶之时,模模糊糊见他像是个瘦长个子、黝黑面庞之人,不过当时屋内油灯甚是暗淡,恍恍惚惚的,实在看不真切。

　　"当时奴家听得四处无声,便挣扎爬起,四下张望,借着月光发觉自己正在离樊仲家不远处的桑园中。正在此时,奴家忽见一个和尚从城里方向沿小路走来,因奴家光着身子,不好见人,才要去树后躲避,却已被他发现。那和尚立刻奔至奴家身边,他手中拄着一根禅杖,先看看奴家,又看看奴家身边樊仲的尸首,便对奴家道:'必是你这小娘子杀了自家奸夫。小娘子若是知趣,便随我去那破庙陪伴我数日,我保证为小娘子保密便是!'说罢他便伸手拉扯奴家,奴家心中惧怕便叫出声来。此时忽地不知从何处又跳出一个男人。他朝那和尚吼道:'大胆秃驴,怎敢借那破庙奸淫良家女子,是何人指使,快快说来!'说着便从袖中抽出一把长刀。那和尚吃了一惊,骂骂咧咧举杖便打。可忽又见他气息紧促,手捂心口,一声未吭便扑倒于地。边上那人急忙俯身察看,发觉和尚已死,脸上显出极其扫兴的样子,自言自语地埋怨了一番。"

曹旎正欲躲入桑园中（高罗佩　绘）

此时狄公插话道："且慢，本县问你，你看那后来者与那和尚相识与否？"

"大人，奴家不知。"曹旎答道，"事情来得突然，那和尚也未曾呼唤那人名姓，奴家不知他二人相识与否。不过，奴家后来得知此人名叫薄凯。他问我发生了何事。当时他并不留意奴家裸体，听他言语又像是极有教养之人，虽然衣冠不甚齐整，却也有些威严，好似官府中人一般。奴家觉得此人可信，便将事情原原本本说与他听。他说要送奴家回官人处或父亲家。奴家说无颜去见官人与父亲，且告诉他说奴家像是掉了魂一般，容奴家心定后再说。奴家还问他有何去处可让奴家暂避数日，并求他可在这几日向衙门禀报樊仲死讯，而不必提及奴家之事，因奴家想那凶手定是错认了奴家。他与樊仲有仇，非干奴家之事。那薄凯说他也与此事无干，但奴家若要躲避几日，他可将奴家暂时安顿于某处——他不能带奴家去他所住的馆驿，因那馆驿夜间不收单身女子住店。以此只有将奴家安顿于水上妓馆，包租一间舱房暂避几日。他说妓馆中人不会打听他人私事，只需编些好话诓骗他们便可。又说他会将两具尸首埋在桑园之中，数日内不会有人发现，如此便可让奴家在这几日内定心想想是否将事情禀报衙门。他叫奴家将脸上、身上血迹擦去，又将那和尚长衫脱下给奴家遮体，然后便带奴家去小路边林子内，那里拴着他的马，他叫奴家坐在他身后。待我二人回到城中，他又租下一条小船，将奴家送至东城外的水上妓馆。"

"你二人如何通过城门关卡？"狄公问道。

"他带奴家来到南城门外，叫开门，装作喝醉的模样。那守门兵卒认得他。他向那些兵卒嚷叫着，说是要带一位新'才人'入城。那些兵卒见奴家确是个女子，便将薄凯奚落一番，然后便放我们进城了。

"他为奴家租下一间舱房。奴家见他与鸨儿悄声说话，却未曾听见什么，但见他交与鸨儿四锭大银，鸨儿满脸堆笑。此后鸨儿一直待奴家不错。奴家害怕怀孕，她便送药与奴家服用。不几日，奴家便渐渐复原，心中也不再惧怕，于是奴家便想等薄凯来时请他送奴家回父亲家去。可今日凌晨鸨儿忽然带着一名手下人到奴家房中，说是薄凯犯了王法，已被衙门捉拿了去，现关在大牢之内。又说因薄凯所付银两太少，不够支付奴家衣裳与房钱，如今欠的账要奴家接客来还。奴家与她评理，说亲见薄凯曾付与她四锭大银，此数足够抵得上奴家身上衣裳与几日开销之资，并不欠她的账。奴家并说要离开妓馆，可鸨儿不许奴家离去，叫手下人取来板子，欲要教训奴家。奴家心想，无论如何不可落入这伙人手中，便假言诓说自己曾亲见薄凯所犯之罪，而且知晓薄凯其他罪行。如此一说，鸨儿方才怕了起来，告诉手下若不将奴家送官，日后恐要吃官司，于是她便将奴家拽到大人衙门里来了。如今想来，当初应听从那薄凯之言，早早回奴家官人处或父亲家。奴家实不知薄凯所犯何罪，只知他待奴家甚好。当初奴家也该将案情及时禀报衙门才是，但当时心乱如麻，不知如何是好，一心只想好好歇息几日，静心想想该如何行事，以此拖延了时日。奴家所言句句是真。"

曹旎言毕，书吏便将其供词当堂宣读一遍。因曹旎年少单纯，所言当不为虚，狄公心中很是满意。至此，他已知那日在樊仲卧房床头边所见刻痕的来历。如今阿光误将曹旎认作苏娘一事也已不难解释。当时阿光首先扑向樊仲一边，樊仲之血溅在曹旎脸上，以致阿光欲杀曹旎时已看不清曹旎之真实面目。至于何以薄凯要去帮助曹旎也不难理解。此证实薄凯与曹鹤仙有同谋之嫌，曹鹤仙想必是薄凯那日晚间行动之同谋。薄凯后来无疑将曹旎之事告知了其父曹鹤仙。想来当初薄凯是因顾虑曹旎曾见到自己与同谋白云寺和尚相会，为防事情败露才将曹旎安顿于花船之上，使外人误以为其失踪。而曹鹤仙之所以那般有悖常理，对其女生命毫不介意，不闻不问，乃是早知其女生命无虞之故。

书吏将供词宣读完毕，叫曹旎捺上手印，递呈狄公。

狄公朗声道："曹旎，听你方才所言，本县十分惊异。本县佩服你遇事镇定，聪明过人。即便男子，身处如此危难境地，亦不见得如你一般机智。而今你虽未将你所经历之谋杀案主动禀报衙门，然此案中被杀之人樊仲此前曾将你强奸，依律此为死罪，该处极刑，是谓死有余辜，故本县无意为其开脱，亦无意追究你知情不报之罪。本县之职责乃是主持公道，匡扶正义，故此本县郑重宣布你为无罪之人，今日便可与你夫君顾孟彬团聚。"

狄公说罢便传顾孟彬上堂认领自家娘子。曹旎羞涩地向其夫君望了一眼，可顾孟彬却丝毫不予理睬，反有意问狄公道："大人，不知有何确证可以证明顾某内人是被强奸，而非自愿投入樊仲那无赖怀抱而与之通奸？"

曹旎闻言，心知丈夫已嫌弃自己才故意问此无从查证之事。

狄公平静答道："本县手中即有证据。"说着从袖中取出那条白绸绣花手帕，又道，"此帕本县曾给员外看过，员外亦曾亲口对本县说此帕乃是你娘子之物。本县之前曾说此帕是于路边拾得，其实乃是在樊仲田庄入口处茅屋柴堆上所捡。此可证明尔妻所言不假。"

顾孟彬紧咬下唇，一时无言以对。少顷又道："果真如此，顾某对内人所言自然无有异议。但顾某家族一向看重名声，决不允许这等男女丑事玷污家族名望。内人既被人奸淫，事后便该知耻自尽才是。如今她若回来，岂非将不洁之名带给顾某家族吗？以此顾某不得不郑重宣布，自即日起，曹旎即为顾某所休，她不再是顾某之妻。"

狄公从容道："此是家事，由员外自决，你二人可自行解除婚约。"说罢传令曹鹤仙上堂问话。

曹鹤仙听得，上堂跪下，一副不甚愉悦的面容，口中不知嘀咕些什么。

"曹公，你女儿今已为顾孟彬所休，本县欲将她遣送回家，你可愿意？"狄公问道。

曹鹤仙大声道："老夫向来重天伦，讲德行，决不会为儿女私情所左右。况今日堂上堂下众目睽睽，老夫亦须做个榜样。虽然此事颇令老夫心伤，然老夫仍不能允许女儿回门，女儿所为已违背妇德，因此老夫无法让其重新踏入家门。"

"曹公所言均将被本衙记录在案。"狄公冷言道，"既然如此，本衙将给予曹姑娘适当庇护，让其暂居府衙之中，日后再做妥善安置。"

狄公说罢，示意洪参军将曹姑娘带入府中。然后转向那鸨母道："廖氏，你欲强逼曹姑娘为娼，此事已经触犯了大唐刑律，本县原该将你重重责罚，然鉴于你尚未实施罪恶企图，且主动至衙门投案，禀报案情，故本县此次且饶恕你。然若他日再犯，本县一旦知晓，决不轻饶，定将查封你之妓馆，不许你开业营生！你此番回去可将本县之言晓谕各家妓馆，叫他们各自小心为是！"

鸨母闻言，吓得诺诺连声，慌忙逃出衙门而去。

狄公将惊堂木一拍，即刻宣布退堂。

狄公退堂，见众官吏皆跟随身旁，唯独不见唐主簿其人，便询问马荣。马荣答道："方才曹鹤仙上堂答问之时，唐主簿忽称身体不适，我一不留神，他便不见了踪影。"

"此人如今变得越发令人捉摸不透！"狄公蹙眉道，"如此下去，将来只有将其打发回家了。"

狄公回至书房，见洪亮与曹姑娘坐在房中，便吩咐马荣与乔泰在屋外稍候。

狄公在书桌后的椅中坐定，语气和缓地问曹姑娘道："姑娘，不知你今后有何打算？"

曹姑娘闻言，悲从中来，只见她嘴唇哆嗦，眼圈泛红，泪水簌簌下落，但很快便克制住自己，缓缓言道："奴家知道在这世上做个女人甚是不易，必须严守妇道，若保不住自身贞洁，便该自尽。可奴家又绝非那等轻生之人，决不会想那自尽之事。"说至此，曹姑娘惨然一笑，又道，"奴家若是轻生之人，当初在那樊仲田庄便当了此残生，怎会活至今日！奴家只是无法做此令人憎恶之事。奴家愿意聆听大人忠告。"

狄公道："圣人教诲，女子须有四德，四德之中贞德为首，以此女子须洁身自好。然我常自思，圣人所谓贞德似重在心而非重在肌肤肉体。且圣人之道以仁为本，嫉恶扬善。故我以为，姑娘，女子需要自爱有德，却不应轻生。即便旁人意志有所强加，心中贞德亦不为所动，此谓真妇德也。"

曹姑娘听罢狄公之言，感激地望了狄公一眼。低头思虑片刻，说道："奴家自思如今只有一条路可走，便是入尼姑庵，削发为尼。"

"然你此前并不曾信奉佛教，"狄公道，"今欲为尼只是万般无奈之下遁世之想。姑娘如今年纪尚轻，且聪明伶俐，庵堂之内想必亦不适合你。如今我倒有一良策，待我与京城中好友协商之后，请其聘你为其女儿之师，不知姑娘意下如何？其间，我让他为姑娘另择一位好夫君，此事若成，最好不过。"

曹姑娘闻言，面上绯红，羞答答道："大人此番好意，奴家万分感激。但奴家与顾孟彬结婚数日便被休弃，且有那樊仲田庄丑事，加之在花船上之经历，所有这些已使奴家永远不愿再想那男欢女爱之事。以此奴家以为，还是入庵为尼的好。"

"姑娘，你年纪轻轻，焉可言'永远'二字！"狄公面色严峻地对曹姑娘道，"也罢，今日我们且不谈此事，此事也不该我与姑娘商谈。数日之后，我家妻小便要来此团聚，届时姑娘可将心中之言向我夫人吐露。在此之前，姑娘可暂居衙府沈郎中处。我听说沈郎中之妻极为贤惠，待人诚恳友善。他有一女，也可与你做伴。洪亮，此刻你就将曹姑娘送往沈郎中家歇息。"

曹姑娘向狄公深深道了万福，便跟随洪参军离去。狄公召唤马荣与乔泰入内，对乔泰道："方才堂上曹鹤仙状告恶虎伤人之事，其子曹明为恶虎所伤，我感到十分痛心。曹明乃是一个好少年，遭此横祸，实在不幸之至。白天无甚大事，你可自衙役中挑选数名健壮善射之人，去乡间捉杀那只恶虎。马荣留在府内，吩咐班头安排士卒巡查捉拿薄凯，然后好生歇息，疗养臂伤。夜间我等再一同前往白云寺参加开光典礼。"

乔泰听说差遣自己去捕虎，兴奋得摩拳擦掌。马荣见他如此，心中不免嫉妒，于是对乔泰嚷道："兄弟，少不了我与你做伴！你与那大虫打斗之时，须得我为你拽着那大虫尾巴才是！"

二人说说笑笑走出书房。

此刻，房中只剩狄公一人。狄公独自坐在书案前，将案上堆放的本地地租卷宗打开来随意翻看，意欲将心思暂且转移他处，稍事歇息，待心静之后，再专心考虑案情。

狄公随意浏览了数页，忽听有人急促敲门，命其入内，原是班头。狄公见班头满脸惊惧之色，便问何故。

"禀报大人，"班头神色慌张地禀道，"唐主簿服了毒，快不行了！他说他要面见大人！"

狄公闻报，心中一惊，连忙起身与班头奔出衙门，向衙门对面唐主簿居住的客栈奔去。路上狄公问班头道："可有解药？"

班头气喘吁吁道："唐主簿不肯说他服的是何种毒药，直到毒药发作才叫家人通知衙门，便有解药也来不及了。"

二人匆匆来到客栈，上了楼。一名老妇迎上前来，双膝跪地，声泪俱下，自称乃唐主簿之妻，并苦苦央求狄公宽恕其夫。狄公好言劝慰几句，那妇人便引着狄公进入一间宽敞卧室。

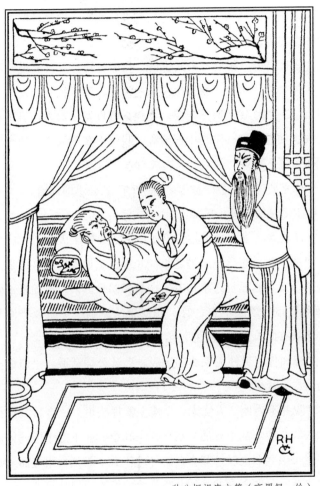

狄公探视唐主簿（高罗佩　绘）

狄公进屋，只见唐主簿躺在床榻之上，双目闭合，已是气息奄奄。其妻坐在床边，俯身在其耳边轻声说了什么，唐王簿便缓缓张开双眼。他见狄公站立一旁，遂释然地叹了口气，似乎终有机会吐露心声。

"你且出去，我要与大人说话。"唐主簿打发其妻道。其妻起身出屋并将门带上。狄公坐在床边，唐主簿目视狄公良久，方缓缓言道："今我已服下毒药，此药正慢慢发生效力，目下我双腿已失去知觉，但心中仍十分清醒。我将不久于人世，故今想坦白我所做过之罪孽，并欲向大人求教一个问题。"

"你是要说那汪县令被害之事吗？"狄公迅即问道。

唐主簿缓缓地摇了摇头。

"汪县令之事，我已将自己所知尽皆禀告于大人。"唐主簿道，"如今我只想自己所做之事，并不在意他人所为。可那汪县令被杀一案与其显灵之事却着实令我深感恐惧，以致烦躁不安。而每当我心中烦躁不安之时，我便无法克制……如今樊仲又被杀，而唯有此人是我真正挂心者，我……"

"我知你与樊仲关系非同一般。"狄公插话道，"但你实不必为他二人忧虑。"

"我并不为他二人忧虑，"唐主簿摇头道，"今日我只想告知大人我心中烦乱不安的真情。大人知道，在下是个懦弱体虚之人，然每当病弱之时，却会自感体内似有一股强力乘虚而入，于体内激荡，月明之夜尤其如此。"唐主簿艰难地喘息着，深深叹了口气，又道，"我与此病魔相持既久，深知其禀性，亦知其是如何捉弄于我！早年我曾从我祖父日志中发现，祖父亦曾被此病魔附身，苦苦与之争斗而不得解脱。但我父却未受其害。我祖父不堪其纠缠，最终悬梁自尽。但如今此魔障终于走到尽头，无法继续作恶。今我已服下毒药，将了结自己残生，故此魔障也将随我同归于尽，不能再与我家纠缠争斗——我并无子嗣，它无法再传延影响我家后人！"

说至此，唐主簿自得却又艰难地笑了笑，他那瘦削的脸庞因笑而扭曲。狄公望着他，眼中流露出怜悯，心想此人神志已经不清了。

唐主簿凝视前方，目光呆滞。如此过了片刻，忽然间神情恐慌道："药性已发作！须赶紧述说！那病魔总要来纠缠我，我会在深夜苏醒，其时胸中会感气闷异常。于是我便起身在房中踱步，来回走个不停。但依旧感觉户内狭小气闷，不得已，我便走至户外。可户外街道狭窄，两旁皆是高墙房舍，仍令我气闷恐慌。而当我闷得将要窒息之时，那魔障便会来我体内代我行事。"

唐主簿深呼一口气，似乎胸中气闷有所缓释。

"我会不由自主地攀上城墙，跃至城外，昨夜我便又去了一次。到了乡间野外，气息清新，我便感觉周身血脉通畅，神清气爽，力大无穷，兴奋异常，似乎无论何物皆非我之对手。此时，我似来到一处新的天地，可嗅到草木之芬芳，嗅到泥土之湿气，可知面前跑过何物，即便是一只兔子从我眼前溜过，亦能为我所发觉。我张大双眼，夜幕亦遮不住我的目光。我只消嗅上一嗅便可知前方丛林内有无水塘。然后我会嗅到一股气息，那气息会令我匍匐于地，神情振奋。那气息便是热血的气息。"

蓦地，狄公惊惧地发现，唐主簿面容变得狰狞可怖，眼中闪烁着瘆人的光芒。只见他紧紧逼视自己，龇牙咧嘴，嗓子里发出阵阵野兽般发威之声，灰白的髭须也都倒竖起来，两只耳朵亦在转动，两手从被褥中伸出，勾蜷着，如同兽爪一般。

然而片刻之后，唐主簿那蜷曲的双手便又舒展开来，举起的手臂亦软软地垂在床榻一边。再看其面容，又似先前一般苍白虚弱，言语也变得有气无力。

"我会再次醒来，浑身大汗淋漓。我起身，将蜡烛点亮，拿镜子照视自己面容。此时我看见自己面无血色，却感觉一身轻松，那轻松之感简直无法言喻！"唐主簿略停片刻，随后又尖声道，"但我今日告知大人，那病魔总在我虚弱之时来我体内，是此病魔迫使我做自己本不愿做之事，迫使我去伤害无辜。昨日夜里，是我袭击了曹明。当时我并不想扑倒他，亦不愿伤害他，可我实在无奈，实在无法自制，无法自制啊！"唐主簿用尽气力声嘶力竭地叫道。

狄公知其气息将尽，命在顷刻之间，遂伸手探试其额头，已是冷汗淋漓。

至此，唐主簿已无力喊叫，但听得喉中痰声咯咯作响。狄公见其神情极度恐慌，嘴角蠕动，似在说着什么，却已含糊不清，便俯身侧耳细听。只听唐主簿拼尽最后气力问道："大人……我有罪否？"未及狄公答话，唐主簿便合上双眼，口唇微张，气息全无。

狄公怅然起身，将其身上所盖被面拉起。而今唯有上苍才能答复唐主簿的疑问。

狄公只得黯然离去。将至衙门口，恰遇洪亮赶来打听唐主簿状况。狄公遂说唐主簿因樊仲之死心灰意懒，且又长年病魔缠身，不堪忍受，如今已服毒自杀身亡了。

二人回到书斋，狄公对洪亮道："如今唐主簿与樊仲俱已亡故，衙门缺员，需要即刻补缺。你去唤唐主簿副手，命其携唐主簿所管簿册前来见我。"

当下洪亮领命而去，不一刻便将主簿副手带至狄公书斋。狄公与他一同查阅唐主簿所造簿册，见其中细细记着本地人氏婚丧生卒琐事，并有衙门每日收纳开销明细账目，只是这两日之事未见记载。主簿副手当下将所缺补入。狄公对其印象甚佳，遂指定他暂代主簿之职，并说若做得好，便会正式擢升其为主簿，其他一应下属官员亦有机会晋升。

诸事处理完毕，已是中午时分。狄公步出书斋，就在院落内一株大橡树下席地用膳。正饮食间，只见班头走来，报称未寻到薄凯踪迹，不知其人去了何方。狄公吩咐班头继续留意寻查。

班头走后，洪亮侍奉狄公用完午膳，亦离开书斋去前面大堂办理衙内公务并接待来访客人。狄公一人回至书斋，将门窗竹帘放下，宽衣解带，就在长榻上侧卧少歇。

数日奔波劳累，未得安稳歇息，狄公虽觉有些疲劳，但仍精力充沛。狄公卧于榻上，闭目养神，眼前显现前两日所历之事。那曹旎失踪与樊仲被杀一案如今已然水落石出，可汪县令被害一案却依然没有结果。

狄公一向怀疑薄凯、易鹏、曹鹤仙乃不法之徒，甚至怀疑白云寺僧人中亦有同谋之人，尤其那慧鹏监院甚是可疑。当初桥板坠涧，自己险遭不测之时，此人如此迅速出现于身后，实在令人生疑。易鹏亦是个可疑之人。然无论易鹏、慧鹏抑或曹鹤仙，似乎均非幕后主谋。想来薄凯这个鬼才方为幕后操纵之人。此人善于伪装，既工于心计，亦长于作戏迷惑他人。汪县令方被谋害，他即来到蓬莱，似乎此前他便与易鹏及金桑有所来往，并委二人为其办事，此后更亲自从京城前来接管。然而此人来此接管何事呢？狄公如今明白，必须重新考虑先前自己与洪参军一同推测出之结论，即自己遭人暗算与马荣、乔泰被攻击乃是案犯以为自己知晓其许多底细的缘故。当初钦差率领众多干探查案尚且无法查明真相，可见此案之难断非同一般。案犯一定知晓自己已明察他们利用禅杖偷运黄金去高丽一事。显而易见，那些禅杖中间被挖空，用以密藏黄金。那些和尚甘冒杀头之罪，挂着藏有黄金的禅杖一路云游来到蓬莱，途中不知经过多少关卡，甚至要受兵卒搜身检查，均被他们蒙混过关。按律，携带黄金过关必须申报，且须缴纳高额路税。而以禅杖偷运黄金至蓬莱不仅逃缴了路税，且从蓬莱偷运黄金出境又逃缴了关税，其中获利必然不少。但狄公似有一种感觉，黄金走私一事好像仅是伪装而已，案犯似欲以此转移自己视线，将自己引入歧途，以免其密谋策划之事被自己发现。案犯敢谋害朝廷命官，又试图谋害自己，作案又是如此急不可耐，说明其时间紧迫。而自己身为县令竟丝毫不知其真实意图，此皆因薄凯这厮有意结交马荣与乔泰，刺探官署虚实，设计欺瞒所致。如今此人又藏匿于隐秘之处，躲在幕后操纵，实在是可恶至极！

此时狄公极想即刻便将曹鹤仙捉拿归案，连同易鹏严加审讯，迫此二人供出实情；但又感手中缺乏足够证据，尚不能动用如此厉害手段。狄公心中明白，不能仅因曹鹤仙在桑园中曾捡到一根禅杖，或因其漠视女儿命运便将其捉拿问罪。此人与薄凯必有往来，但这仅为推论，尚缺真凭实据。至于易鹏，如今暂且将其软禁府中尚属在理，因其曾欺瞒官府，谎称有人偷运兵器，此事虽不能证明他参与罪案，却也足以判其拘押在监，今只是软禁，已是轻判了。如今金桑已死，薄凯去职，再将易鹏软禁，想必应可限制薄凯阴谋之实施，阻碍其行动，而官府则可有时间进一步调查案情。

狄公一直想去关防要塞会见守捉使，但又深感案情重大，时间紧迫，实在无空闲时间前往造访。不知那守捉使可否先来衙门与己会面？文官与武将之间向来关系微妙，不易相处。若是二者品级相当，文官地位应在武将之先，略显尊贵。然武将因军权在握，一向颐指气使，不肯轻易让人。那守捉使手下有上千人马，想来亦不肯屈尊先来造访。况且自己亦须先了解其对黄金走私之看法。或许此人通晓高丽国事务，能道出何以要将未征税之黄金偷运去金价低廉的高丽之缘故。可惜如今唐主簿已死，无法向其讨教本地访客礼节，不知前往造访守捉使需要如何方才得体。狄公思虑良久，一时困顿，不知不觉便睡着了。

不知过了多久，狄公忽被屋外一阵嘈杂嚷叫之声惊醒，他急忙起身，将衣穿了，这才发觉自己不知不觉睡过了头，此刻已是日暮黄昏时分。

狄公走至书房门前，见庭院中围聚着许多官吏与衙役，马荣与乔泰亦在其中。

众人见狄公自房中走出，连忙为其让开一条路。狄公见四个农人正将绑在扁担上的一只斑斓猛虎卸下。那大虫已死，身子绵软，看去足有一丈来长。

马荣兴奋异常，对狄公道："这畜生是乔泰所杀！这几位农人引我等去这畜生常去的一片山边林地。我等在那里拴了只小羊做诱饵，便都去那上风头树丛中躲藏，只等这畜生来到。等了许久，约莫到了午后未时，才见这畜生打远处缓缓行来。这畜生甚是机警，离那小羊尚有数丈之遥便不再靠近，只是四处张望，并不急着捕食，想必是发觉周围可疑。这畜生趴在草丛中足有半个时辰。老天爷，等得人都腻烦了！那羊不住地叫唤。不得已，乔泰便持弓箭悄悄爬向这畜生。他越爬越近，当时我心想：'若是惊扰了这畜生，为这畜生发觉，乔泰性命难保！'于是我与两名衙役各人手持钢叉跟随乔泰身后爬去。忽然间我见这畜生一跃而起，此时就见空中一道箭光闪过，这畜生狂吼一声便中箭倒地。乔泰那箭正中畜生右胸，就在它右前腿之后。老天爷，那箭几乎全射入体内，只剩箭尾留在体外！"

乔泰满面笑容，手指死虎之白色利爪道："大人，此必是那晚我们在溪涧对面山上所遇见的那只大虫。但我却想不明白，这大虫那日是如何越过溪涧去那对面山上的？"

"我等不必为此过虑，有些事人不及兽，想来这畜生自有法子。"狄公道，"祝贺乔泰为本县除了大害！"

"如今便把这大虫剥了，"马荣急不可耐道，"大虫肉分与农户，让农户子弟吃了，好长得高大强壮。这大虫皮毛待硝好了便将它送给大人，放在大人书斋座椅上当坐垫，也算我等对大人的一点敬意。"

狄公当面谢过了马荣、乔泰及众人，随后招呼洪参军向衙署前门而去。一路行去，只见衙署内涌入许多看热闹的百姓，大家皆要来争睹死虎与打虎英雄，一时间好不热闹。

狄公边走边对洪亮道："方才我睡过了头，此刻天时已晚，我二人一同去马荣、乔泰初次邂逅薄凯的清风酒楼用膳，顺便在那酒楼内打探些薄凯的消息。我二人不用骑马，就这般步行去那清风酒楼，一路上让凉风吹吹，也好清醒一下！"

当下二人缓缓向南穿过闹市，未费多大周折便寻到了那清风酒楼。进了门，门旁小厮一见县令及其下属驾到，慌忙奔上楼去禀报店主。二人刚上得楼来，便见一个肥头大耳之人，料是店主，满面堆笑自内迎来。那店主向狄公说了许多恭维的话，好似老友重逢一般，有意向身后众多食客炫耀，显示自家酒楼非同寻常，然后便将狄公二人请入一间豪华包厢。未待狄公与洪参军坐定，那店主便格外殷勤地向狄公道："今蒙大人光临小店，本人荣幸之至。小店山珍海味俱有，大人尽可随意品尝。小店惯例先上数碟小菜，现有鹌鹑皮蛋、清水河虾、凉拌海蜇丝、去骨鳗鲞、叉烧肉片、白切鸡块，此后尚有……"

未待店主将菜名报完，狄公便道："不劳店家费神，我二人仅需两碗面条，一盘炒素菜与一壶热茶，其余一律免了。"

"可是为表本人敬意，还望大人能赏脸品尝一杯小店自制的名贵花露蜜酒！"店主仍极力巴结道，"饮了此酒，可以开胃，增长食欲！"

"我之食欲一向甚好，店家美意我就心领了。"狄公道。店主无奈，只得招呼跑堂为狄公、洪参军上面。此时狄公问店主道："听说薄凯常来贵店饮酒？"

"啊！"店主一听狄公问起薄凯之事，连忙应道，"确有此事。本人初次见到那小子便看出他不是个好货，像个罪犯！那小子每回来此皆是鬼鬼祟祟的模样，两手抄在袖筒中，好似掖着把刀似的。今晨本人一听衙门贴了告示要捉拿这小子，我便对人道：'我早知这小子是个坏种，早就想报官了。'"

"可惜你并未报官。"狄公冷冷地说道。此时狄公已看出这店主其实并不知真情，只是个说话不实、喜爱吹嘘之人，便对他道，"将你酒保唤来见我。"

旋即酒保来到。狄公见他生得机灵，便问他薄凯之事。

酒保答道："回大人话，小的常见薄凯来这楼上饮酒作乐。此人经常在此喝得烂醉，因此店里伙计无人不晓得他。但小的却不曾觉得他像个坏人！做小的这一行的，多有看人下菜碟的本事。可薄凯那人斯斯文文，依小的看，他只像是个安分的读书人，哪里知道还是个罪犯。他待我们这些下人总是和和气气，从不使性子。人家都说薄凯是个才子，小的还听说城里瀛洲书院的尊长也曾夸他诗作得好呢！"

"近来他常与人在此饮酒吗？"狄公问道。

"不，大人，近日他常一人在此饮酒，有时也与好友金桑一道饮酒。这两人碰在一起就爱互相取乐。薄凯那人长相有些怪异，特别是他那两道弯眉好像是安在眼上的，乍一看去煞是可笑！可有时候，小的觉得他那两眼一点也不惹人喜爱，就好像与那眼眉根本不成对的一般。每当这时，小的便想：莫非他化了装不成？可一见他笑起来，又觉得自己看错了。"

狄公谢了酒保，迅速吃完面条，付了账，又给了酒保好些碎银以作报酬后便与洪参军起身下楼。店主再三挽留不住。

二人走到街上，狄公对洪亮道："这酒保倒是个细心之人。我担心那薄凯真的化了装。那晚他与曹姑娘相见之时因未曾说笑，曹姑娘便觉他'好似官府中人一般'。此人必是我等主要敌手，亦为幕后主犯！如今外出搜寻缉拿的衙役休想认出此人，此人甚至无须躲藏，只要卸了装，便无人知晓他即是薄凯。可惜我未曾见过此人！"

洪亮未听见狄公最后说的两句话，因他忽然听得城隍庙方向传来铿锵的铙钹声与悠悠扬扬的笛声。

"大人，听说这几日城中来了一个戏班子。"洪亮兴致勃勃道，"这伙人是因听说了白云寺要举行弥勒佛像开光典礼才来城中搭台演戏的。近日各处来了许多善男信女，爱观戏的人不少，此时来此演戏可赚不少钱呢！大人，我们也去看看，如何？"洪亮说罢，期盼地望着狄公。

狄公知道洪亮是个戏迷，平日里只有看戏是他唯一的消遣。想他跟随自己到此上任，几日来兢兢业业，做事从不偷闲，也须让他休息一下，于是便笑着点头应允。

当下二人便往城隍庙方向行走。到了那里，二人见城隍庙前已是人涌如潮，水泄不通。狄公自人群后仰头望去，只见前面用竹木芦席搭着个高高的戏台，周边竖立着几杆红红绿绿的旗幡，挂着好些艳丽的灯笼。台上几个身穿华丽戏装的男女正在扮戏。

戏台前有为付了费的观众而设的几排长凳。狄公与洪亮费了不少力才挤过站着看戏的人群，来到戏台前长凳处。一个胖墩墩的女子上来收钱，狄公便从袖中取出十几个铜钱递与她。那胖女子遂将二人引至后排两个空位坐下。此刻人们皆专注于戏台上的演出，故无人留意县令大人和他亲随的到来。

狄公坐定，看那戏台上正有四个戏子在演戏。狄公对戏剧不甚通晓，但他猜测戏台中央那位身穿绿袍、嘴上戴着银白髯口且随乐起舞，老生扮相之人乃是在扮演官府中人。此人之前立着两个男人，其间又跪着个女人，却不知他们演的是何角色。

过不多时，乐声停止，台上老生开始高声述说起什么。狄公不习惯听这戏腔，遂问洪亮道："此戏说的何事？"

洪亮正看得津津有味，听得狄公问戏中演的何事，便告狄公："此长者是官府中判官。此戏已近尾声，此刻这判官正在断案。那左边的男子与那跪在地上的女子是对夫妻，男的是原告，告那女的与人通奸，对己不贞。那右边的男子则是原告的兄弟，来此为证明自己清白无罪，与嫂无染。"说到此，洪亮略停，又听了一阵，然后继续道，"原来那男的离家外出了两年，回家后却发现老婆已身怀六甲，疑心老婆与兄弟通奸，可兄弟却说冤枉，于是便告到官府，求官府公断……"

洪亮正讲得起劲，前座一胖大汉子却已耐不住性子，侧身吼道："住嘴！不得喧哗！"狄公说声抱歉，便叫洪亮不要再言语。

此时忽然乐声大作，戏台上那跪着的女子站起身来，咿咿呀呀地唱了起来。狄公完全未听懂她唱的是些什么。

洪亮知道狄公未听懂唱词，便轻声道："她说她丈夫八月前曾回家一次，与她过了一夜，早晨天未亮便又离家出门。"

这时台上四人同时唱了起来。那判官摇头晃脑不停地在台上来回走动，银白的胡须飘向两旁。那原告面向观众，激动地高声叫唱，像在表白内心的苦衷。此时那女的却昏厥于地。原告伸出右手，其食指为墨所染，看去似断了一般，表示自己缺少食指。他那兄弟将手抄在袖中，站立一旁，只是频频点头。二人模样看去十分相似。

忽然间乐声戛然又止，这时狄公见那判官对原告的兄弟怒目而视，大声斥责，两脚跺着台面，似乎愤怒已极的样子。在那判官呵斥之下，原告兄弟不得已只好将右手自袖中伸出，那手上同样少了食指。

至此，铙钹琴笛一起奏响，台下观众亦情不自禁喝起彩来。洪亮完全为剧情所打动，亦高声喝彩不止。

"此处说的何意？"狄公待周围喧哗之声稍静，急切问道。

"此处说的是，原来八月前是那原告的孪生兄弟奸淫了原告之妻。"洪亮兴奋地解释道，"事前他有意截去了食指，以此原告之妻错认其为己夫！怪不得此戏取名为《一指春宵》，原来如此！"

狄公道："此戏倒是颇有趣味！然时辰不早，我等还是回府去吧。"说罢便欲起身离去。这时前排那胖汉不经意地将一块吃剩的果皮向后一扔，恰巧扔在了狄公衣襟之上。

狄公见此人无礼，正待发作，只听洪亮激动地叫道："大人，下一个剧目是《郁公断案记》！"

狄公抬头望去，见台上两名戏子抬出一块戏牌，上书五个大字，果然是"郁公断案记"。狄公心中不禁也想看个究竟，乃道："郁公乃是汉朝名臣，断案第一高手，距今已有七百年之久。也罢，今日便再看一出戏，看这郁公究竟如何断案。"

洪亮闻言，心中欢喜，又与狄公坐下看戏。

不多时，台侧乐声响起，两名戏子抬来一张盖着红布的案桌与一张太师椅，将之放在戏台中央。随着乐声，一位身材魁梧、黑脸长髯的官员踱着方步走上台来。此人身着黑色官袍，官袍上绣着数条红色蟠龙，头戴乌纱，两条帽翅闪闪发光。只见他走到案桌之后，重重地往那椅上一坐，顿时引来台下观众一片喝彩之声。

随后台上又上来两名男子。二人跪于案前，开始尖声说唱起来。郁公坐在桌后，手捋长髯，凝神细听。稍后见他举起手来，正不知要指向何方，却有一个卖油糕的小厮走过前排座席，与前排那胖汉争执起来，挡住了狄公视线。但此时狄公已略微习惯了尖声高调的戏腔，不看表演亦可听懂些戏文，大略知晓台上说唱了些什么。

待那卖油糕小厮离去之后，狄公问洪亮道："那跪着的可是兄弟二人？他二人在郁公面前争辩何事？可是那兄长告其弟弑父之罪？"

洪亮满意地点头称是。这时台上那兄长站起身来，双手将一物呈递与郁公。郁公接过那物，蹙眉仔细端详。

"此是何物？"狄公自语道。

"你没长耳朵吗？"前排那胖汉不耐烦地向后嚷道，"这是枚杏核！"

"啊，原来是枚杏核。"狄公尴尬地应道。

"大人，此杏核是二人老父临终前所留。"洪亮对狄公道，"那兄长称其中藏有一张纸片，上有其父所书谋害自己性命之案犯名姓，故此杏核乃是断案的重要凭据。"

此时台上郁公从杏核内取出一张折叠着的纸片，做着动作，似乎正将其一层层翻开。猛然间，双手一抖，却见那张二尺见方的白纸上书有两个大字，十分醒目。台下观众一见，顿时怒不可遏，响起一片叫骂之声。

"纸上所书是那兄弟名姓！"洪亮也激动地叫道。

"住嘴！"前排胖汉又呵斥道。

正当群情激愤之时，台侧铙钹锣鼓齐鸣。随着高亢的笛声，台上那兄弟站起身，昂首高唱，述说自己并未弑父。于是郁公端详那兄长又看那兄弟，摇头捋须，像是心焦如焚之状。忽然间乐声停止，台下观众亦静谧无声，只见那郁公探身向前，伸手抓住二人衣襟，将二人拉至面前，先是在那兄弟口鼻处嗅了一嗅，又去那兄长口鼻处嗅了又嗅，随之便将兄长猛地一推，然后一掌击在案桌之上，以雷霆般的嗓音呵斥那兄长。此时乐声再次响起，台下观众亦爆发出一片喝彩之声。前排那胖汉则兴奋得狂叫不止。

"那郁公究竟如何断案？"狄公未听明白，乃问洪亮道。

洪亮情绪激动地对狄公道："那郁公说那兄长口中有股杏仁味！其父事先知晓其长子不怀好意，意欲谋害自己，故欲留下线索，又怕长子销毁或篡改，于是有意将次子名姓写了藏在杏核之中，但此并不是说次子便是弑父之人。长子以为可借此诬陷兄弟弑父。其实那杏核本身才是真正线索，因那兄长有食杏仁的嗜好，口中总有股杏仁味！"

"有道理！"狄公点头道，"方才我想……"

此时台上又响起一阵震耳欲聋的锣鼓之声，狄公只得暂不言语。狄公又向台上望去，只见台上又上来两个男子，皆身着绫罗绸缎。二人跪在郁公面前，各人手执一张白纸，上书几行字句并都盖有红色印鉴。听其叙述，狄公知道这二人均为王公贵族后裔，其父去世之前将家中房产、地产、奴仆与钱财平分给两个儿子，并写下两份账目，盖了印章以为凭据。可这兄弟二人贪心不足，皆声称所分不均，兄长说兄弟多得了，兄弟则说兄长分多了。

那郁公听了两人的申诉之后，十分气愤，双目怒视二人，连连摇头叹息，头上乌纱的帽翅亦颤动不止，在戏台上方灯笼的照耀下闪闪发光。这时乐声骤然变缓，那郁公摇头沉思，久久不发一言。台下观众亦皆屏息无声，紧张地等待郁公如何断案。

"快说！快说！老子等不及了！"前排胖汉急不可耐地大叫道。

"住嘴！休得喧哗！"狄公亦忍不住大声呵斥道。此时他亦看得入迷，一心只想看那郁公如何断案。

随着一阵锣鼓声响，台上郁公起身，命两兄弟将各人手中所执账目交至自己手中，然后又将两账目左右交换递还给兄弟二人，举手表示此案到此了结。那兄弟二人则手持账目，张口结舌，茫然不知所措。

此时台下又爆发出一片叫好之声。前排那胖汉激动地回转身来对狄公道："这出戏你该看明白了吧？那两兄弟……"

胖汉说到此，忽地张大嘴巴说不出话来，此刻他才发觉面前之人乃是县令大人，惊得不知如何是好。

"此戏甚好，其意我已尽知，多谢指教！"狄公彬彬有礼道。说罢起身拂去衣襟上残留的果皮，离座而去。洪参军见狄公离去，亦只得跟随而去，临走时尚频频回首。此时戏台上走出一个女戏子，这女戏子正是起初收费引座的女子。

洪亮仍想看戏，心中舍不得离去，对狄公道："大人，这出戏说的是一个女子假扮男子之事，十分好看的！"

"我二人出来已久，今夜尚有公务要办，须得尽速回府才是。"狄公断然道。

当下二人挤出人群，大步向衙门方向走去。行了一程，狄公忽道："世上之事无奇不有，常与所预料的相反。记得年轻之时我便曾想做个县令，当时以为那县令断案有如今日戏台上那郁公断案一般，坐于公堂之上，聆听面前各种人物之申诉，其中真情与谎言混淆，难辨真伪。而我今日真的做了县令，便须如郁公般才思敏捷，善于捕捉疑点，从而做出决断，找出疑犯或真凶才是！先辈郁公真乃我辈效法之楷模也！"

二人边走边说，不多时便回到府中。

狄公与洪参军径直来到书斋。狄公对洪亮道："与我泡杯浓茶来，你也自泡一杯。待我二人歇息片刻之后，你可为我预备一套礼服，晚间穿戴了好去白云寺观礼。想来此事甚为无聊，但又不得不去。我心下更愿坐在书斋中与你一同分析案情，然仅在此凭空推测亦无济于事！"

洪亮走出书房，不一会儿便又端茶进屋。狄公自茶盘内端起一杯热茶呷了两口，继续道："如今我方知你为何如此钟爱于戏剧了。日后我等可常去观戏，从中受些启发。有些事初看似乎颇为复杂，一旦点破，顿时便觉豁然开朗，如同明镜一般。但愿我等亦能如此！"

狄公说罢，若有所思地抚弄颔下长髯。

洪亮此时正从狄公衣箱中翻取礼服，听得狄公谈论戏剧，便道："那郁公所断最后一案，我先已知晓其结果。那只是扮演……"

狄公并未听洪亮述说，只是凝神想着什么。忽然间他像领悟到什么，猛地一拳击在书案之上，叫道："天哪！我知其中奥妙了！果真如此，此案不难破也！"

狄公继续思索片刻，然后对洪亮道："速将本地地图取来我看！"

洪亮随即取来地图，展开在书案之上。狄公伏案细细审视，频频点头，又起身将两手背在身后，浓眉紧锁，在屋内来回踱步。

洪亮猜不透狄公心中所想，只是紧张地望着狄公。狄公在房中边踱步边思索，良久方才停下脚步，乃决然道："定然如此，断无差池！今时间紧迫，我等须速速行动！"

不一时，狄公一行已来到东城门外。狄公坐于轿内向外望去，只见此时夜色苍茫，虹桥上悬挂着一排大红灯笼，灯光映照于水中，波光粼粼，煞是好看。通往白云寺的大道两边竖立着许多木杆，每根木杆顶端均挂着彩灯。再看那远处白云寺，亦是灯火通明，十分壮观。

狄公一行走过虹桥，见路上行人已寥寥无几。其时已近弥勒佛像开光之时，城中百姓早已去那白云寺中等候。狄公命众人速速赶路。洪参军与马荣、乔泰二县尉骑马跟随轿侧，两名衙役手持灯笼在前开道，灯笼上映出"蓬莱县衙"四个大字。

未几，狄公一行便抵达寺前石阶，但听得伴随着铙钹钟鸣之音，寺内传出众僧唱经之声。进了寺门，更嗅到一股浓烈的檀香气味。

此时，白云寺大雄宝殿前的场院内已是人头攒动，被围得水泄不通。大殿前设一座高台，以做观礼之用，台上摆一红漆坐榻，白云寺方丈身着紫金织锦袈裟，双手合十，趺坐其上。其左边一排矮座，依次坐着船东顾孟彬、高丽里正及两位本地士绅。其右手边专设一高座，乃为贵宾所设，此时尚无人就座。再向右也是一排矮座，头上坐着的是本地守捉使差遣来的一名参将，只见他银盔银甲，全身披挂，腰间挎着一把长剑，威风凛凛。再其次则坐着名院学士曹鹤仙及另两名本地头面人物。

观礼台前又设一平台，平台中央修起一座佛坛，四周装点鲜花彩带，其上有四根镏金柱撑着一顶紫色华盖，里面便供奉着那尊香柏木仿雕的弥勒圣像。

佛坛周围趺坐着五十名僧人，左边一排僧人演奏各式乐器，其余僧人则随乐唱经。平台四周站立着许多面朝外、身穿铠甲、手执长矛的兵卒，挡着拥挤不堪的人群。众人推推搡搡，均想一睹开光盛况，有那挤不进去的，便只好站在两厢台基上观看，就连两边廊房柱子上也爬着好些看热闹的百姓。

狄公的官轿停放在寺院入口处，四名身着黄色僧服的老僧出来恭迎。狄公下轿，由这四名老僧引路，沿着一条绳索拦出的狭窄通道向观礼台走去。狄公边走边向两边观望，见人群中夹杂着好些水手，其中有汉人，亦有高丽族人。

狄公登上观礼台，来到方丈榻前，施礼道："本县因公务繁忙，故而误了些时辰，还望方丈海涵。"

方丈含笑点头，并向狄公合掌诵福。狄公谢过，就在方丈榻边那高椅上落座。洪亮、马荣、乔泰三人则侍立于狄公身后。见狄公到来，边上参将、顾孟彬与几名本地士绅皆起身向狄公躬身施礼。

方丈见台上宾主皆已到齐坐定，便传令乐队重新奏乐，众僧亦再次随乐唱经。

待众僧唱经行将结束，寺内大钟鸣响。钟鸣声中，只见慧鹏监院走了出来，率领着十名僧人手执上香，围绕佛坛缓缓行进，边走边拜，佛坛之上那深棕色的弥勒圣像为香烟缭绕，如同腾云驾雾的一般。

礼佛毕，慧鹏步下平台，登上观礼台，来到方丈面前，双膝跪地，将一卷黄绫卷轴奉上。方丈欠身从慧鹏手上接过卷轴。慧鹏起身，走回平台。

此时寺内响起三声钟鸣，众人鸦雀无声，静待方丈宣布圣像开光。按典礼程序，方丈将要高声宣读那卷轴上的经文，然后还将向卷轴洒上圣水，最后再将此卷轴与其他几样象征法力的圣典之物置放于圣像背后的空穴之中，如此之后，圣像才算真正具有与白云寺后岩洞内那尊白檀木弥勒圣像相同的法力。

当下方丈展开手中黄绫卷轴，正待宣读，未料狄公抢在其先，忽地站起身来，走到台前，神情肃穆地扫视台下。台下众人皆仰视狄公，不知发生何事。狄公镇静自若，以手抚须，对台下众人高声道："朝廷一向尊崇佛教，乃因其教义有益于教化万千民众，使人向善而嫉恶。白云寺以弥勒显身，拥有弥勒圣像而闻名天下，本地众生，尤其船民、水手皆受弥勒佛陀之护佑。本县既为朝廷命官，来此荣任县令之职，则有保护白云禅寺之义不容辞之责任。"

"阿弥陀佛，善哉！善哉！"方丈双手合十道。起初，方丈为狄公打断典礼仪式而感十分诧异且有些恼火，如今听狄公这一番言语，则又心中欢喜，面露笑容，频频点头表示赞许。

狄公继续道："如今，船东顾孟彬捐资仿制弥勒圣像，欲将之奉献给京城的白马寺。今日开光盛典，众人均来此聚会，欲亲睹开光盛况。朝廷亦已颁下诏书，只待开光盛典完毕，便将派遣重兵护送圣像赴京。朝廷欲以此显示对佛的尊崇，并谨防转运途中发生不测之事故。因事关重大，为慎重起见，本县有责任监督此次大典，并有责任验明坛上佛像是否真以香柏木仿制而成。"

狄公说至此处，台下人群顿时议论纷纷，就连方丈亦目瞪口呆，不知如何是好。他本以为狄公只是说些冠冕堂皇的祝词而已，不想狄公最后说出这几句言语来，着实令他大为惊讶。佛坛下众僧开始骚动不安，慧鹏欲要下坛去与方丈商议，却被平台外兵卒横矛以阻其通行。

狄公举手示意台下众人肃静，然后庄重宣布："本县现派遣手下可靠官员前去佛坛验视佛像真伪。"

狄公说罢，回头向乔泰点头示意。乔泰领会其意，迅速自观礼台上跃下，又一步跳上平台。只见他伸手推开前来阻挡的僧众，奔至佛坛之上，抽出腰间宝剑，便欲挥剑。

慧鹏见状，急忙拨开众人跳上佛坛去阻挡，并声嘶力竭向众人嚷道："我佛慈悲，怎可遭受刀剑之辱？圣像若是受损，弥勒佛陀必将震怒，今后将不再保佑众生，并将兴风作浪，令海上船只陷于危难之中。我等甘愿冒此危险而不顾吗？”

听慧鹏如此说，人群骚动起来，尤其是那些水手，更是群情激愤，怒吼着向平台处涌去。方丈望着佛坛上乔泰高大的身影，惊得目瞪口呆、手足无措。顾孟彬、曹鹤仙与各位士绅亦忧心忡忡，相互交头接耳。在座参将亦是忧容满面，紧握剑柄以防不测。

当此危急关头，只见狄公高举双手，向台下众人断然喝道：“众人退后！休得喧闹！”见人群止步，又道，“此尊佛像未经开光，故未有灵气，尚不具任何法力，只是一具木胎而已，验之无妨！众人休要听人蛊惑！”说罢向外高声叫道，“来人哪！”

话音刚落，便听得寺院门口传来一片“遵令”的呐喊声。院内众人急向寺门外望去，只见数十名全身披挂、手执利刃的兵丁冲入院内，吓得众人连连后退。

乔泰趁此时机用剑背猛击慧鹏头顶，将其击倒在地，然后迅速挥剑在那雕像肩头猛削一剑。只听啪的一声，那剑便脱手崩出，震落于地。再看那雕像，似乎毛发未损。

方丈见之，欣然叫道：“善哉，善哉，真奇迹也！”

坛前人群又往前涌动，坛下兵卒横矛阻止。

此时乔泰自坛上一跃而下，众兵丁为其让开一条路，乔泰纵身跃上观礼台，将一片金光闪闪之物递与狄公，此物乃自雕像肩头削下。狄公高举此物以示众人，然后高声说道：“此乃一场骗局！冒犯神灵之骗局！”

台下众人一时疑惑不解，仍扰攘不安。狄公继续道：“此雕像并非真以香柏木所雕，而是以黄金铸成！罪犯贪得无厌，妄想以此手段遮人耳目、瞒天过海，将其非法走私之大量黄金偷运至京城据为己有！本人乃朝廷任命之蓬莱县令，在此以亵渎神灵罪，特宣布逮捕雕像捐赠者顾孟彬及其同谋曹鹤仙与慧鹏，并宣布扣押白云寺方丈及寺内所有僧人！"

此时台下已是一片肃静。众人渐渐明白狄公之意，也为狄公之凛然正气所折服，皆翘首仰望狄公，想看狄公究竟如何处置罪犯。台上参将见台下骚乱已经平息，亦长舒一口气，握着剑柄的手也松了开来。

当时狄公一声令下："将案犯顾孟彬押上来！"

立时便有两名衙役遵令，上来将顾孟彬从座椅上拖下，押至狄公面前，迫其跪在地上。此刻顾孟彬早已吓得面如土色，浑身战栗不止。

狄公道："案犯顾孟彬，无视王法，胆大包天，犯有亵渎神灵、走私偷运黄金及谋杀朝廷命官之重罪！"说至此，狄公扫视台下，见众人皆认真听讲，便继续言道，"案犯顾孟彬如何作案之细节，本县日后将会细细严审，但其阴谋本县已知其大略。顾孟彬，你等自高丽走私大量金条入境，将之窝藏于高丽乡中，又串通僧人以特制空心禅杖藏匿金条，偷运至白云寺内，然后再将金条仍用禅杖送往城外西郊破庙之中，由案犯曹鹤仙接收并藏在其旧书之中，一次次转运去京城。而当前任蓬莱县令汪德华有所察觉，对你等产生猜疑之时，你便借口为汪县令书斋补漆，命人在其书斋梁上正对茶炉之处埋放毒饵，谋杀了汪县令。此后为加速转运黄金，又假借仿雕弥勒圣像之名，以黄金铸成眼前这座佛像，企图以偷梁换柱、瞒天过海之手法转运大量黄金。是也不

· 206 ·

是？据实道来！"

顾孟彬未料阴谋败露，心中惶恐，但又心存侥幸，口中兀自抵赖，连连叫道："大人，顾某冤枉，顾某冤枉啊！顾某实在不知这尊佛像是由黄金铸成，顾某也未……"

"休得狡辩！"狄公怒斥道，"汪县令已将你那谋杀企图明示给本县！此刻本县便可出示铁证于你，看你有何话说！"说罢，便自袖中取出那只高丽姑娘玉姝交与乔泰的漆盒来，揭下其上盒盖，展示于顾孟彬眼前。但见盒盖上那两株金漆画就的修竹在火光照映下熠熠生辉。这时狄公又道："此盒之中原有一些密函，你将之取出销毁，以为从此万事大吉，再无人知晓你等罪状。然你却不知那汪县令乃是极有心计之人，早已防范于你。其实此盒本身便是破案之谜底！盒盖上一对修竹便已分明无误地道出那使用一对竹杖行路之人便是谋杀案犯！"

顾孟彬闻言，心中不禁大吃一惊，下意识地望了一眼自己靠在椅边的由两根上等斑竹并箍而成的手杖。此刻，那手杖在火把与灯笼照耀之下，显得分外夺目。顾孟彬无言以对，颓丧地低下头来。

狄公继续言道："其实汪县令尚留有其他线索，证明其早知你参与此桩罪恶阴谋，且知是你在背后设计陷害他。顾孟彬，今铁证如山，不由你不服，你今若肯坦白，供出同党，或许可免一死！你说也不说？"

顾孟彬无望地抬起头来，目光呆滞地望向狄公，结结巴巴道："大……大人饶命，望乞恕罪！小……小人顾某愿意坦白。"

顾孟彬哆哆嗦嗦用袖子擦了擦不断从额头上渗出的汗珠，有气无力、嗓音颤抖地说道："从前高丽国的僧人常坐小人的海船往来于高丽与蓬莱之间，他们以空心禅杖将金条偷带至白云寺，其后是慧鹏与曹员外帮小人将金条从白云寺再转运至西郊破庙之中，然后再偷运去京城。金桑曾帮助过小人，慧鹏则由赈济僧智海相助，其余尚有十名白云寺僧人参与此事。此十人之名，小人亦都知晓。小人不敢冤枉好人，白云寺方丈与其他僧人皆与此事无关。眼前这尊金佛像是由慧鹏在此寺内监铸而成，熔金之火即是借火化智海之火。那真正仿刻的佛像确由方神匠所雕，现仍藏在小人府邸之中。浇铸金佛之模具乃是照那木雕佛像又仿塑了一尊泥佛，然后再于泥佛之上拓制而成。至于毒害汪县令一事也确如大人所言，乃是金桑雇请了一名高丽漆匠，将毒丸安放在汪县令书斋梁下。事后那高丽漆匠即被遣回高丽去了。"

顾孟彬说罢，抬头哀求道："大人，小人有罪，但小人发誓，小人只是遵命行事，真正罪魁并非小人，而是……"

"住嘴！"狄公大声喝止道，"今日本县不想听你胡言，明日大堂之上你尽可当众辩解。"说罢转身命乔泰道，"将此人拿下，押送衙门收监。"

乔泰遵命，迅即将顾孟彬双手反剪，与两名衙役一同将其押下台去。

狄公转身面对曹鹤仙。此时曹鹤仙兀自坐在椅上，神情木然，正不知如何是好。但当他发觉马荣走近身边时，却忽然醒悟过来，猛地跳起，向观礼台侧面的另一端奔逃而去。马荣一个箭步追了上去。曹鹤仙欲要闪避，不想飘在空中的长髯被马荣一把

只听曹鹤仙一声惨叫，长髯早被马荣扯下（高罗佩　绘）

揪住。只听曹鹤仙一声惨叫，长髯早被马荣扯下。再看他颔下，已是光秃一片，然却无半点血迹，只有一小块欲落未落的纸皮连带着几撮残须尚挂于腮边。曹鹤仙慌忙以手遮面，绝望地号叫不止。马荣将其手腕反剪，推至狄公面前。

狄公目视曹鹤仙，严峻的面容上绽出一丝满意的微笑，自言自语道："原来美髯亦非真美髯也！"

十八

▼

话说狄公率领大队人马，押着一应人犯，浩浩荡荡自白云寺返回城中，直至午夜过后方才回到衙中。狄公吩咐将人犯收入大牢，随后便领着洪参军与马荣、乔泰径直来到书斋。

狄公在书案后椅中坐定，洪参军去案旁茶炉处为其沏了杯浓茶。狄公接过茶来连呷数口，仰靠在椅背上开始述说破案经过。

狄公缓缓言道："汉朝名臣、断案高手郁公曾言，断案须实事求是，万不可先入为主，拘泥成见而为假象所迷惑，故必据实重复检验所见所闻，屡屡纠偏校枉，方可去伪存真，揭示真相。倘若心中所想与事实不符，切不应以事实附会心中所想，而应以心中所想比照事实，将不符事实之所想尽速排除，而不可固执己见，为错误所囿。诸位，我以为郁公所言千真万确，然临到断案之时却又时常将此至理名言忘之于脑后。近日为破汪县令一案，我便屡次为假象所惑，未能即刻识破之。"说至此，狄公自嘲地笑了笑，然后继续言道，"此案并非如我心中所想的一般简单！

"朝廷授我以蓬莱县令之职，此事必在当时即为幕后主犯知晓。此人奸猾异常，为使我误入歧途，延误我破案时机，甚或意图使我破案徒劳无功，使其可乘机将金佛铸毕并送出蓬莱，特命顾孟彬散布流言，假称有人将武器偷运去高丽云云，以此制造假象，掩盖其偷运黄金之真实目的。此计想必是金桑为其谋划，那高丽姑娘玉姝亦被用来散布谣言。起初我亦为此谣言所惑，并以此为断案出发点。甚至金桑已供出偷运之物乃是黄金之时，我仍以为是偷运去高丽。虽然我曾十分疑惑，将黄金运往高丽似乎无利可图，然却依旧受原先成见所囿，未能即刻识破骗局，直至今晚方才意识到案犯之真实意图！"

狄公面带怒容，抚须少歇。见洪亮三人皆神情专注，静候一旁，便莞尔一笑，继续言道："此前樊仲被杀、曹旎失踪等偶发事件及唐主簿行为怪癖等亦令案情显得错综复杂，以致影响我断案。此外，我对易鹏亦过于用心。易鹏好心将偷运兵器之传言告知于我，我却疑其亦是此案同谋。为何如此，稍后我会向各位释明。

"昨日晚餐之后，偶与洪亮一同观戏，令我大受启发，终于意识到谋杀汪县令之凶手是何人。其中一出戏中说到，一人为其长子所害，死前留下遗书，藏于一枚杏核之中，然此遗书实为迷惑其长子，不使知晓包藏遗书之杏核即为追查真凶之凭据！此剧使我顿悟，何以汪县令要以价值昂贵之古董漆盒盛放书函，实乃有意引起断案者注意。此盒之上绘有一对醒目金竹，即是暗喻顾孟彬那每日不离手之名贵双杆斑竹手杖。汪县令喜爱猜谜，故我以为，或许汪县令亦欲以此暗示黄金藏于空心禅杖之中。

"如今我已知顾孟彬亦是那日欲要谋害我之人。那日他盛情邀我吃蟹，离开码头之前，曾关照金桑道：'你在此料理，你该知晓需做何事！'此话寓意险恶，其实是命金桑设计害我之意！显然这伙人早已商定，一旦我对案情有所察觉便迅即将我除去。而我那日在码头与顾孟彬闲聊之时，无意中曾说自己怀疑白云寺僧人来往于破庙与白云寺之间，欲要严查深究的话，并曾提及顾孟彬预备送往京城的那尊复制圣像！此外，当我与之坐于水榭酒馆中吃蟹之时，我还与之谈论了其妻失踪之事，而其妻失踪恰是因为无意中接触到转运黄金之僧人所致。当时我无意中透露自己心中之疑问，此必使顾孟彬警觉，以为我对其阴谋已有所察觉，随时可能识破其阴谋而将其捉拿归案。故此他便先下手为强，企图置我于死地。

"其实我当时所知甚少，且仍在想那偷运者如何将黄金自内地运至破庙之事。昨日我仔细想了顾孟彬与曹鹤仙二人之关系，断定此二人关系非同一般。曹某人有一堂弟居住在京城，平日嗜好藏书，又不大为世人所熟知，利用其转运黄金，不易引起旁人疑心。当时我想，定是曹氏将顾氏介绍给堂弟，随后即由他二人将黄金从京城偷运至蓬莱，再由蓬莱偷运去高丽。幸亏不久我便意识到自己的错误，因我忽然记起曹某人曾言定期托人将旧书捎往京城一事，这令我断定黄金必是自境外向我国内偷运，而非自境内向境外偷运！这伙罪犯十分精明，他们以此积聚与倒卖大量廉价黄金，从中牟取暴利。

"待我断定黄金是由此运往京城之后，我便即刻意识到罪犯此刻正忙于何事。这伙人欲自高丽不断购入廉价黄金，便须支付大笔银两。为能倒卖黄金，获取高利，并有银两供其继续自高丽购入黄金，那以空心禅杖及书籍偷运之法便不适宜了。况且我已抵达蓬莱，开始认真调查汪县令一案，这伙案犯深感时间紧迫，不得已，便需加紧偷运已购入之黄金。然而，曹鹤仙家中藏书已经运罄，而禅杖之法又受怀疑而不多用，如此便须改用他法偷运。由于这伙人欲将所积大批黄金一次运往京城，于是便显出急不可耐之状。此为我所觉察，我便想到顾孟彬仿铸圣像、借兵护送，必是企图偷梁换柱，以此将大批黄金偷运去京城。故而我才如此肯定那圣像是假，才敢令乔泰以剑试之。

"此阴谋不仅狡诈且十分胆大，必有精明过人者于幕后策划。如今我亦完全明白当初马荣与乔泰在城南河边隐约所见'杀人抛尸'一案之真相。经仔细察看城区地图，我见顾孟彬宅邸位于第一座桥不远处。想必你二人当初因人生地不熟，误将'杀人'地点错记在第二座桥近处，因此次日再去第二座桥附近询问自然是徒劳无功。又因易鹏宅邸靠近第二座桥处，以致我错将其视为不法之徒。然你二人当初河边所见又确有其事，只是顾孟彬手下所击并非真人，乃是其用以制作铸像模具之泥塑佛像也！浇铸金佛之模具即在此泥佛身外贴制而成，然后由顾孟彬将其装箱运送至白云寺内。此事白云寺方丈并不知晓，只有慧鹏与少数几名僧人知晓内情。我曾亲见装载模具之木箱，亦曾亲见那预备焚化智海尸身之火，当时我便有所怀疑：何以要以如此大火焚化人尸？然而我并未予以深究。方才于顾孟彬家宅内搜出了那尊方神匠精心雕刻的香柏佛像，此木佛已被截为若干段。届时案犯亦会设法将这些截段木佛运去京城，再将其拼合粘结为一体，漆以颜色，以之替代金佛，复将木佛奉献与白马寺。而那用以制作铸模之泥佛则于月黑雾重之夜被砸毁，弃之于河道之中。当初马荣在水中踏着之泥团实即被毁之泥佛，水中捞出之烂纸则为包裹泥佛之废纸。"

"啊哈，"马荣道，"这等说来，当初还真有其事。我的眼力一向甚好，只是把那筐篮中的泥佛错看成是坐轿的秃子了！"

此时洪亮问道："大人，还有一事不明，望大人指点。那曹鹤仙乃是读书之人，一向自视清高，重名不重利，为何也会热衷偷运黄金之事？"

"曹鹤仙实非节俭之人，"狄公道，"因平日里奢华无度，以致手头拮据，不得已才自城内迁至郊外古塔楼中居住。其实此人并非不重利之人，只是装作不关心俗事而已。此人善于伪装，甚至伪装至胡须！故此顾孟彬与其勾结，允诺分利与他，他便即刻为厚利所诱，参与了偷运黄金之事，且答应顾孟彬之请求，将女儿许配给他。那日夜间，赈济僧智海遇见曹旎与薄凯之时，所携带之禅杖内必藏有金条，此金条即是顾孟彬之流转交与曹鹤仙的。顾孟彬因爱慕曹鹤仙之女而与之结亲，此事其实甚欠考虑，并因此露出马脚，使我确认此二人之关系非同寻常。"

狄公少歇，将杯中茶水饮尽，又继续道："顾孟彬其人虽贪婪狠毒，却并非幕后主谋。此人亦需听命于他人。然我并不急于让他道出其主子姓名，因是想到那首犯必是深藏不露之人，与顾孟彬直接接触之人只是其手下走卒而已。今晨，我将派马队护送专人赶赴京城，向大理卿呈递诉状，揭发此案首犯之罪状。方才我已得知樊仲随从吴免在卖马之时为军士擒获。不出我等所料，此人正是在阿光逃离樊庄之后不久便发现主人被杀，因惧怕受到牵连，便欲盗走钱箱与马匹远遁他乡。"

"可是，大人，究竟何人是本案的罪魁祸首呢？"洪亮忍不住问道。

"我看定是薄凯那恶棍无疑！"马荣嚷道。

狄公微笑道："至于何人是本案罪魁，如今我尚不知晓，然却并非是那薄凯。不过薄凯必知此人是何人。我正等候薄凯来此说出此人名姓。令我不解的是，何以薄凯至今仍不露面？不过我料他不久便会到此见我。"

洪亮等人听狄公如此说，皆惊讶不已。此时忽听敲门声，问之，乃是班头。只见班头兴冲冲进入房中，报称薄凯自己投上门来，现已被守卫差人擒获。

狄公闻报，非但丝毫不感意外，反而平静地命班头道："请他来此见我，切记，无须衙役押送！"

不一刻，薄凯来到书房，狄公随即起身，笑脸相迎。

"汪大人请坐，"狄公道，"狄某想与汪大人会晤之心久矣。"

"汪某亦然！"来人答道，"然与公谈论之前，还望先允汪某将面抹洗一番。"说罢便径自去到茶炉边水盆处，以热水洗面，又以汗巾仔细擦拭面容。洪亮、马荣、乔泰三人一时都目瞪口呆，茫然望着来人。待来人洗毕转身，只见其面色已由青转白，鼻尖处亦不再红紫，两道眉毛亦变得清秀细长，而非原先那般弯曲模样。此人从容地自袖中取出一块黑色圆形胶布，随手将它粘贴于左颊之上。

马荣与乔泰见状，皆骇然不已，立刻记起曾于白云寺后殿棺材中所见的那张令人毛骨悚然的面庞，不禁异口同声惊呼道："汪县令！"

"并非汪县令，而是汪县令之孪生兄弟，户部侍郎汪元德汪大人！"狄公纠正道。转身又对汪元德道："此胎记原是你胞兄所有，大人如此装扮，恐怕连你父母亦分辨不清你二人也！"

"确是如此，"汪元德道，"汪某与胞兄只此一点不同，除此之外，我二人便如同一个模子里压出来的一般，常令人分辨不清。不过，汪某与胞兄成年之后便不常有此难分伯仲之事，此因汪某胞兄长年在外任职，而汪某则始终任职于户部，难得聚首，如此天长日久，渐渐便极少有人知晓我二人是孪生兄弟。今日汪某来此特向大人表示谢意，一为汪某胞兄被害一案终得破解，胞兄之冤得以昭雪；二为谋杀汪某胞兄之元凶于京城诬告汪某，致使汪某潜逃在外之冤情亦得以申雪。夜来汪某亦曾去那白云寺，当时汪某扮成僧人模样混迹于僧众之间，亲见大人明断疑案，使汪某心中疑窦顿释。大人高明之至，汪某不胜敬佩！"

狄公欠身问道："在下自忖顾孟彬身后之主谋乃是京城一名高官，不知然否？"

汪元德摇头否定。

"并非高官！"汪元德道，"此人相当年轻，但却腐败之至。此人官居大理丞，姓侯，乃是汪某上司户部尚书侯光之侄！"

狄公闻言，不禁大惊失色。

"你说是侯钧？"狄公叫道，"此人乃是狄某之友！"

汪元德耸耸肩，平静地说道："此是常有之事。世上难测知者往往莫过于亲友。侯钧才华出众，仕途升迁颇为顺利。按理，凭其才智，日后定能官运亨通。但此人急功近利，贪得无厌，企图以欺瞒奸诈之不法手段迅速获取名利地位，所以便做出这等违犯王法、走私黄金之事。此人不仅贪婪，且残忍狠毒。当其发觉阴谋有所暴露之时，便毫不犹豫地谋杀知情者。况且此人作案十分便利，既可从其伯父处刺探户部内情，亦可很方便地接触到大理寺内所藏密卷，一切尽在其掌握之中。"

狄公此刻方才醒悟，六日前好友侯钧于悲欢楼送别之时何以要那般劝阻自己赴任蓬莱。狄公回想当时侯钧眼中那真切之恳求目光，仍相信他当时乃是出自真情，绝无半点虚情假意。而今自己破了此案，却令好友从此潦倒一生，甚至性命难保。想到此，狄公心中颇觉惨然，方才自得之情顿时消失殆尽。沉默良久，狄公方轻声问道："汪大人，初时你是如何发现此桩阴谋的？"

"汪某不才，但对算学一向颇具天赋。"汪元德答道，"只因我精于计算，户部便将我擢升为侍郎，掌管国库收支账目，故此我有查阅账目之便利。约莫一月之前，我察觉户部按期所记金价变化十分紊乱，遂疑有低价黄金非法流入，扰乱市场。我暗中查询，以图探知真情，未料身边随员却是侯钧有意安插之密探，此人将我查账之事密告侯钧。加之侯钧知晓我的兄长为蓬莱县令，蓬莱又正是侯钧等人走私黄金之要津，地位十分重要，故此侯钧便疑心汪某兄弟二人欲合谋揭发其走私黄金之事。其实我胞兄仅捎过一封书信给汪某，其中亦仅言及蓬莱或许为走私要津，我也未将胞兄所言与京城金价变化紊乱一事相联系。侯钧惧怕事情败露，便急不可耐地命人通知顾孟彬谋害汪某胞兄，又遣人暗杀汪某身边随员，盗走库存黄金三十锭，然后向其伯父户部尚书侯光诬告我犯有谋杀同僚、盗窃黄金之罪，妄图嫁祸于我，置我于死地。汪某万不得已只得潜逃出京，来到蓬莱，改名换姓，假扮薄凯，混充易鹏管事，暗中查访侯钧一伙走私偷运黄金之证据，希冀有朝一日报雪胞兄之仇，洗清自身之冤。

"大人之就任蓬莱县令，使我处境十分窘迫。我有心与大人合作，共查此案，却又不敢暴露自己真实身份，恐一旦暴露，便会即刻被大人捉拿并解往京城，若此汪某性命必定难保。所以汪某便不与大人直接接触，而是设法结交大人手下马、乔二位县尉，并带他二人去花船游玩，有意使之结识金桑与那高丽姑娘，而金桑与那高丽姑娘皆是汪某怀疑与黄金走私有关之人。"说至此，汪元德向乔泰扫视一眼，乔泰急忙佯装饮茶，将脸埋于袖中。汪元德继续道："汪某又试图使大人的二位随从关注那些僧人，但二位随从对佛教无丝毫兴趣，终使汪某未能如愿。汪某怀疑有僧人参与黄金走私，只是苦于没有证据。故此，汪某始终密切关注白云寺僧人之动静。因城东花船位处白云寺与城东水门之间，正是监视白云寺极好的所在，所以我便常去花船。一日我见白云寺赈济僧智海和尚夜间出游，走隐秘小道进城，遂跟踪其后直至西城门外破庙一带，可惜未待我查问，智海便突然死去。

"不得已，我便欲利用金桑，想从其口中探知些许消息，不想此人十分机警，开始怀疑我。因此那日，此人先是并不情愿汪某同去那游船。此后应允汪某同往，或许以为汪某不足为惧，若有必要顺便杀之即可。"此时汪元德转顾马荣道，"那日游船上打斗，金桑与那几名水手未将汪某放在眼里，金桑下舱对付乔泰，那几名水手则皆来对付你，其意本待了结了你，再来杀我。却不曾想我亦善于使刀，并非不会武功之人。当时我见一人从后将你抱住，便一刀砍中那人脊背，那人便踉跄跌入水中而死。"

马荣闻说，不禁感激道："多亏你那一刀解救，不然我性命不保！"

"此后，我于舷窗外听得金桑说出实情，"汪元德继续道，"因此知晓黄金走私确有其事，我的仇人侯钧必与此地有密切联系，于是我赶紧放下小舢板返回易鹏宅邸中的自个儿房内，收拾了一些重要书函文牍便迅速离去。汪某所携之物中有侯钧诬告汪某及操纵金市等罪证，因金桑等人先已怀疑'薄凯'，想必其同伙会去易鹏宅邸搜查汪某住处，若是这些罪证为其所获，落入侯钧之手，则后果不堪设想，故汪某方急急携带文牍逃走。此后，汪某便不再扮成薄凯模样，而是改扮为一名游方僧人。"

马荣听汪元德未提及自己与乔泰，便忍不住叫道："我二人与你一同饮了许多酒，交情亦不算薄，你那日要离去也不打个招呼来说一说，怎的便一走了之，这等无情无义？"

汪元德答道："说一说，如何便说得明白？"回头又对狄公道，"马、乔二位武功高强，不畏艰险，十分称职，不知他二位是否为大人正式任用之人？"

"当然如此！"狄公毫不犹豫地答道。

马荣在旁听了，心下十分欢喜，以肘碰触乔泰道："兄弟，日后我二人无须去边塞长途跋涉，吃苦受冻了！"

"汪某何以要假扮成'薄凯'模样，"汪元德继续道，"乃是因为若扮成一名放荡不羁的诗人及狂热的佛教徒，迟早可混入汪某胞兄曾与之往来的那伙人中。但若扮成一名醉汉则可四处游荡，不致引人怀疑。"

"汪大人真可谓用心良苦也！难为你装扮得如此之好，竟然无人识破。"狄公道，"狄某今日便拟就参劾侯钧之呈状，派兵护送持状专员即刻进京。因谋杀朝廷命官乃谋反重罪，故狄某可直接将此呈状呈递给大理卿，无须通过州府转达。一旦大理卿获知此状，定会即刻将侯钧缉拿收监。今日狄某还将亲自审讯顾孟彬、曹鹤仙、慧鹏及参与黄金走私罪案之僧人，并尽速拟就此案完整呈状，将其送呈京城大理寺。而这几日不得不先委屈汪大人暂居衙署之内，待大理寺下令解除对你的指控之后，汪大人便可恢复自由，重回户部任职。汪大人住于衙内，狄某亦可就此案财务之事求教于大人。此外，狄某亦欲同汪大人商讨此地田赋事宜。我曾浏览此类卷宗，感觉此地农家田赋过重，不堪负荷。"

"大人之命，汪某安敢不从？"汪元德道，"不过，汪某今有一事未明，不知大人如何得知汪某真实身份？汪某原以为来此须费一番口舌向大人禀明一切，未料大人已知汪某身份，不知何故？"

狄公笑答道："当初狄某初次去衙署内汪大人胞兄故宅，便于走廊中与汪大人不期而遇。当时狄某疑心你便是那谋杀汪县令之人，故意扮成汪县令模样，装神弄鬼，吓唬府中官吏与仆役，以便肆意搜寻汪县令收藏遗留之重要物证，妄图将之销毁。为此，狄某曾于那日夜间专程潜往白云寺后殿窥视汪大人胞兄之遗容，不想狄某所见与衙署后宅所见完全相同，全然看不出半点相异之处。狄某当时着实吃惊不小，以此相信后宅所见真为汪大人胞兄之亡灵。

"此事直至昨日晚膳之后，狄某方才顿悟。当时狄某观看了一出戏剧，其中言及一对孪生兄弟神貌相似，只是兄长少了一指，若不知此，旁人断难区分。此剧令狄某悟到先前所见所谓汪县令之魂或许有假，倘若汪县令有一孪生兄弟，扮其模样岂不十分容易，即便有些微不同之处，亦只需稍加点缀或修饰，不知者实难辨认。且唐主簿曾经告知狄某，汪县令之亲属仅存一位兄弟，至今尚未与衙门接触。于是狄某便想到'薄凯'，深觉唯有此人像是汪县令之兄弟，因其在汪县令被害不久便来到蓬莱，且十分关注此案，多次卷入有关案件之中。其间，狄某还想起曹姑娘之事与那清风酒楼内酒保之言——这些均令狄某确信不疑。

"若非汪大人改了名姓，或许狄某早已猜到汪大人真实身份。当初离开京城之时，所谓汪大人盗金杀人一案已人尽皆知，加之汪大人失踪，更是传得满城风雨，以此狄某对汪大人之名印象颇深。而'薄凯'又是如此精通财务，轻易便能为易鹏理顺账目，因此必定是个经常理财且善于理财之人。故而狄某便怀疑'薄凯'或许曾于户部任职，随之便想到户部失踪之人与本县被害之前任县令俱为'汪'姓，终于断定'薄凯'必为汪大人无疑！"

狄公说到此处，深深叹了口气，以手抚须沉思良久，又道："倘若换作一位经验丰富、老成干练之县令来此断案，想必定可迅速破解此案。然狄某初任县令，独立断案乃是首次，故缺乏经验，几为案犯所骗。"狄公边说边拉开书案抽屉，从中取出那记事簿子，递与汪元德道，"此簿是你胞兄所遗，其中内容狄某至今未解。"

汪元德接过记事簿，仔细翻阅并计算其中数据，阅毕说道："汪某胞兄生性懒散，不求进取，对其品行我一向不以为然；但不可否认，一旦胞兄认真做事，亦是个十分精明之人。此簿所记乃是顾孟彬商行船只进港数字以及历次所缴进口税及旅客人头税之明细账目。从中可知，汪某胞兄必是发觉顾孟彬所缴货物进口税过低，由此而知其进口货物之值不足以抵偿其商行日常开销及航运费用，而其所缴旅客人头税之个数却又如此之多，必定其商船搭载了许多旅客。此类反常事态令汪某胞兄怀疑顾氏违法走私。汪某胞兄平日喜静不喜动，故不好管他人闲事，但其又喜好猜谜，故若遇到疑难好奇之事，又会精神百倍，必欲破解谜底方肯罢休。胞兄从小如此，只可惜此案竟成了胞兄最后欲图破解之谜。"

狄公听罢汪元德之言，开口道："多亏汪大人说明，如今狄某心中疑窦尽释。且多亏汪大人至此，使那幽灵现世之疑问亦自心中消逝。"

汪元德笑道："汪某之所以要扮成胞兄模样，装神弄鬼，意在能于胞兄故宅内自由走动，搜索证据，一旦有人发觉亦以为是胞兄显灵，不敢捉拿我。汪某胞兄被害前曾遣人交与汪某一把后园锁钥，此事与胞兄将漆盒托付于那高丽姑娘一样，证明胞兄早有预感自己可能将被谋害。因汪某扮成胞兄模样，一日偶与朝廷派来调查胞兄被害之事的钦差于书斋相遇，令那钦差大为惊骇，不日便离开蓬莱回京复命。而我亦曾与唐主簿在此书房中邂逅，当时亦令唐主簿惊骇万分。我与大人亦曾不期而遇，当时我正前往查视胞兄遗留之箱包。为此，汪某当诚心向大人致歉！"

狄公笑道："汪大人不必如此！狄某亦须感谢汪大人救命之恩。那日于白云寺山涧木桥之上，幸亏汪大人指点，方未使狄某坠入深涧，不然狄某早已粉身碎骨矣。然此次汪大人所扮鬼魂实在真实可怖，着实令狄某惊惧。当时狄某见汪大人手臂骨瘦如柴，透明可怖，继而汪大人又忽然消逝于迷雾之中，不知汪大人何以能扮得如此逼真以致令狄某不得不信？"

汪元德听得狄公如此说，不由得大吃一惊，困惑不解道："大人方才是说汪某曾于白云寺假扮胞兄魂灵与大人又一次相会吗？大人必是看错了人！汪某从未去白云寺假扮过胞兄之魂。"

闻听此言，众人皆哑然失声，惶惑不语。此时冥冥之间忽听得衙署后院不知何处传来一声轻微的关门之声，此声十分微弱，微弱得不易觉察。